KB032843

바바리안

퀘스트

백수귀족 판타지 장편소설

초판 1쇄 찍은 날 | 2018년 5월 9일
초판 1쇄 펴낸 날 | 2018년 5월 16일

지은이 | 백수귀족
펴낸이 | 예경원

기획 | 위시북스
편집책임 | 이규재
편집 | 이즈플러스

펴낸곳 | 예원북스
등록번호 | 제396-2012-000132호
등록일자 | 2012. 7. 25
KFN | 제1-251호

주소 | 경기도 고양시 일산동구 호수로 646-24 위너스21Ⅱ빌딩 206A호 (우)10401
전화 | 031-819-9431 팩스 | 031-817-9432
E-mail | yewonbooks@naver.com

ISBN 979-11-6098-952-6 04810
      979-11-6098-950-2 (set)

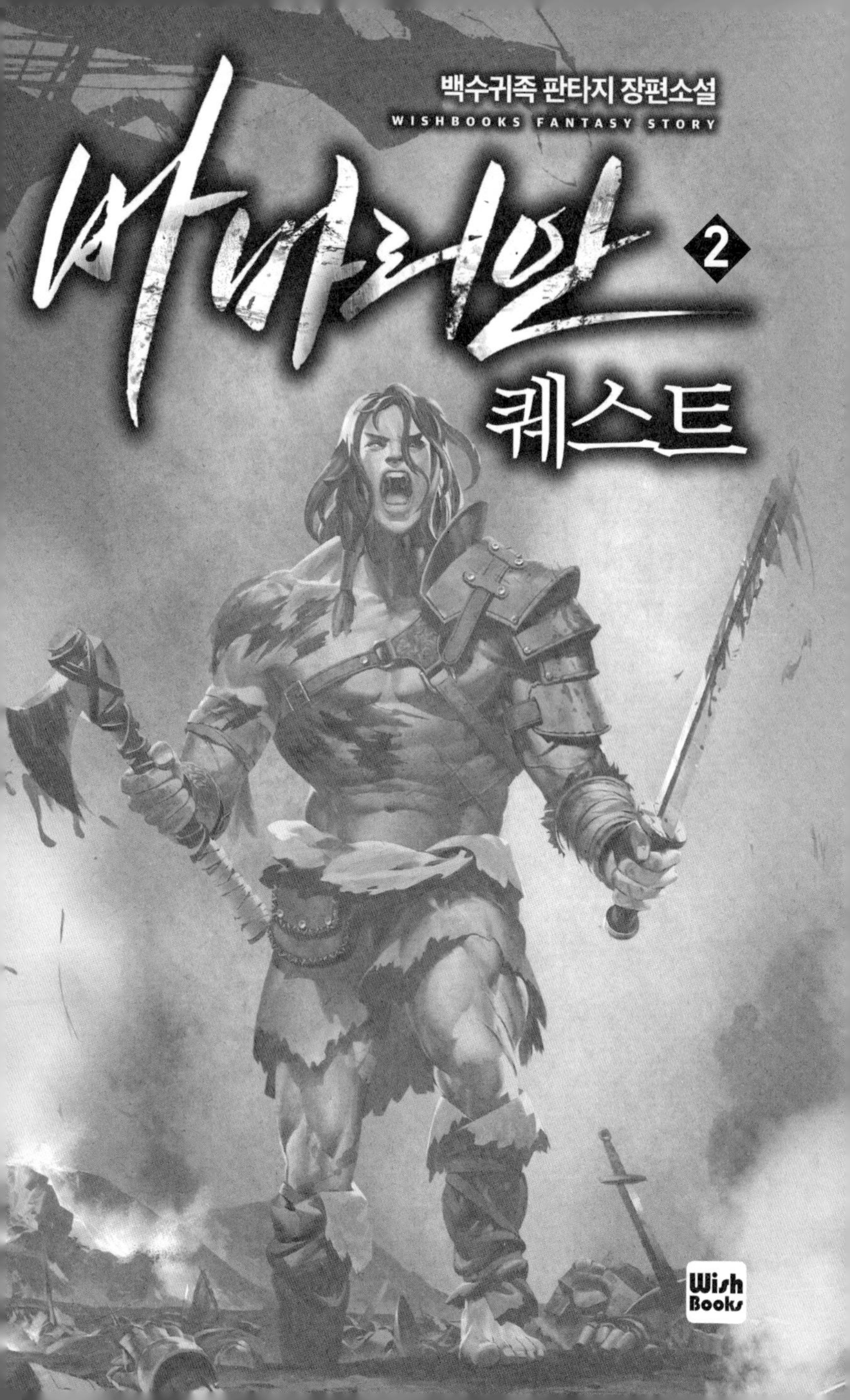
백수귀족 판타지 장편소설
WISHBOOKS FANTASY STORY
바바리안
2
퀘스트
Wish
Books

CONTENTS

Chapter 1

　성직자 고트발은 저녁마다 유릭을 가르쳤다. 고트발에게도 괜찮은 소일거리였다. 가르치는 맛이 있었다.

　'배우는 게 엄청나게 빠르군.'

　고트발은 유릭을 힐끗 쳐다봤다. 유릭의 눈동자가 바닥에 그려진 글자를 좇았다.

　유릭은 어지간해서는 한 번 본 걸 잊지 않았다. 범상치 않은 기억력이었다. 유릭을 가르쳐 본 사람들은 모두 감탄했다.

　셋째 날 저녁도 유릭은 고트발에게 글자를 배우러 찾아갔다. 이제 산속에 들어온지라 주변이 어두웠다.

　'이제 며칠 남지도 않았군.'

　유릭은 고트발에게 많은 걸 배우고 싶었다. 고트발은 유릭이 만나본 유일한 학자였다.

"도노반?"

고트발과 도노반이 앉아 있었다. 도노반이 무릎을 꿇고 기도하며 뭐라 말하고 있었다.

"유릭, 잠시 후에 오시죠. 지금은 고해성사 중입니다."

고트발이 유릭을 향해 손을 휘저었다.

'고해성사.'

유릭이 중얼거렸다.

몇 번인가 용병들이 하는 걸 본 적이 있었다. 자신의 죄를 고하고 영혼을 씻어 내리는 행위라고 했다.

"저게 무슨 의미가 있다는 거지?"

유릭이 나무에 기대며 고해성사가 끝나길 기다렸다.

"고트발 수사님을 너무 귀찮게 하지 마라, 유릭."

고해성사를 끝낸 도노반이 지나가며 말했다. 도노반마저 성직자를 향한 존경을 잊지 않았다.

"성직자란 대단한 위치인가 보군."

"누구나 사후세계가 두려운 법이니까요. 죽어서 올바른 길로 가지 못한다면 그것만큼 두려운 일도 없죠."

고트발이 대답했다.

"너희들은 죽으면 영혼이 태양 불에 정화되어 다시 태어나고, 저기 저 북부인들은 죽어서 검의 언덕으로 가지."

유릭이 스벤과 북부인을 가리키며 말했다.

고트발은 잠시 머뭇거렸다. 그가 신중하게 말을 내뱉었다.

"검의 언덕은 아마도 북부인이 생각하는 그런 낙원이 아닐 겁니다. 그저 업보가 쌓인 자들의 지옥일 뿐이죠. 그곳에는 그 어떤 구원도 없습니다. 북부의 신은 폭력적이고 오만합니다. 자신의 백성들을 사랑하지 않아요. 하지만 루는 태양빛처럼 모든 생물을 받아들이고 사랑하죠."

"신이 무조건 자신의 백성을 사랑할 필요는 없잖아?"

"자식을 사랑하지 않는 부모는 없듯이, 자신의 백성들을 사랑하지 않는 신은 없습니다."

유릭이 귀를 후비며 고트발과 어깨동무를 했다.

"좋은 말이로군. 그런데 왜 그토록 사랑하는 백성들이 서로 싸우는 걸 구경만 하고 있는 거지? 그렇게 사랑이 넘치는 신이 있는데, 왜 우리는 쇠붙이를 들고 피를 봐야 하는 걸까?"

"그건 원죄 때문입니다. 인간의 욕망과 죄악이 영원한 낮을 파괴하고 어두컴컴한 밤을 불러왔……."

"헛소리. 이곳의 주술사는 너희 성직자들이지. 나는 알아. 주술사들은 죄다 거짓말쟁이였으니까!"

산맥 너머의 영혼들이 사는 세계라는 게 어디에 있다는 거지?

그 말이 유릭의 목구멍까지 올라왔다.

"저는 거짓말을 하지 않습니다, 유릭."

고트발이 강렬하게 대꾸했다. 그는 신앙이 깊은 자다.

"뭐, 아무래도 좋아. 그런데 아까 도노반과는 무슨 이야기를 했지?"

유릭은 항상 도노반을 예의주시하고 있다. 도노반은 용병 대장의 자리를 호시탐탐 노리고 있다. 실제로도 자격은 충분하다.

"고해성사는 제가 아닌 루에게 올리는 말입니다. 한 번 제 귀에 들어오면 입으로 다시 나오지 않지요."

"흐음."

유릭이 턱을 괴며 고트발을 쳐다봤다. 충동이 일었다.

성직자 고트발의 목을 부여잡고 도끼로 배를 찢으며 고문하면 저 잘난 입도 확 트이지 않을까?

고문을 하면 누구나 돼지처럼 꽥꽥 울어댄다. 고통은 인간을 나약하게 만든다.

"유릭?"

고트발이 떨떠름하게 말했다. 유릭의 사나운 웃음을 보니 어쩐지 불안했다. 고트발의 말에 유릭은 싱글벙글 웃기만 했다.

"여긴 문명사회지, 문명사회. 자, 이제 내게 문명을 가르쳐 줘, 성직자 양반."

유릭이 고개를 삐딱하게 숙이며 자리에 앉았다. 고트발은 평소처럼 단어들을 유릭에게 가르쳤다. 유릭이 습득한 단어가 며칠 사이에 100개가 넘어갔다.

"문자는 예전에 누구에게 배웠습니까?"

잠시 쉬는 시간을 틈타 고트발이 물었다. 유릭이 가죽 물주머니에 담긴 물을 마시곤 입을 닦았다.

"호루스라고 예전에 내게 일거리를 주던 남자가 있었어. 검투 시합 중개상이라서 글자를 쓸 줄 알았지. 그 사람에게 배웠어."

"상인들은 글을 알아야 하죠. 그분은 지금 어디서 무얼 하고 계시는 거죠?"

"죽었어. 내게 글을 가르쳐 주던 밤이었는데, 운 나쁘게도 목에 화살을 맞았지. 유언도 남기지 못하고 내 앞에서 뒈졌어."

고트발이 짧은 기도문을 외웠다.

"…유감입니다."

"유감일 것도 없어. 그날 우릴 습격한 놈들은 내 손으로 전부 죽여 버렸으니까."

유릭이 자랑스레 말했다.

살기에 짓눌린 고트발이 움찔하며 화제를 돌렸다.

"당신은 남부에서 온 겁니까? 처음에는 북부인인 줄 알았지만, 아무리 봐도 북부인 같진 않군요."

"대충 그쯤에서."

유릭이 대충 말하니 고트발도 더는 묻지 않았다. 제국령을 떠도는 야만인들은 다들 사연이 하나둘 정도는 있었다.

후우우우.

바람이 분다. 유릭의 머리카락이 뻗치듯 흔들렸다. 콧구멍이 벌렁거리며 바람에 실린 냄새들을 구분했다. 나무와 수풀에서 풍기는 초록색 냄새, 부글부글 끓었다가 식은 국의 냄새, 땀과 철의 냄새.

귀를 기울이면 들리는 병사와 용병들의 목소리들. 귀에 익은 소리들이 흩어지며, 낯선 소리만이 바늘처럼 톡 튀어나와 들렸다.

유릭의 눈동자가 움직였다. 감각이 곤두선다. 오감을 동원해 육감을 만든다.

팅.

혼돈 속에서 필요한 소리만을 분간했다. 유릭은 고트발의 머리 쪽으로 손바닥을 뻗었다.

푹.

화살이 유릭의 손바닥에 박혔다. 유릭이 막아주지 않았다면 고트발의 머리에 박혔을 화살이다.

"습격이다! 습격! 일어나!"

병사들이 재빨리 반응했다. 그들은 직업군인인 상비군이

다. 제대로 된 훈련을 받은 고급 인력이었다.

빠득.

유릭이 주먹을 쥐며 손바닥에 박힌 화살을 부러트렸다.

"머리를 숙이고, 내 뒤에 잘 숨어 있어, 성직자."

유릭은 손바닥 상처에서 흐르는 피를 얼굴에 치덕치덕 펴 발랐다.

"내 글선생이 돼지는 꼴을 또 보긴 싫으니까."

고트발이 숨을 죽이며 나무 뒤에 바짝 붙었다. 그는 평생 칼이라곤 잡아본 적이 없는 성직자다.

스르릉.

유릭의 칼이 맑은 소리를 냈다. 그는 눈을 부라리며 전투 개시만을 기다렸다. 적들이 재차 공격해 오면 달려 나갈 생각이었다.

'도망갔다.'

유릭은 보지 않아도 알았다. 적들의 기척이 완전히 사라졌다.

"……치고 빠지기로군. 골치 아픈걸."

유릭이 숲 안으로 걸어 들어갔다. 주변 병사들이 화들짝 놀라며 유릭을 쳐다봤다.

"위험하다고! 아직 놈들이……."

"이미 다 도망가고 없어."

유릭이 태연하게 안으로 들어갔다. 그는 나무들 사이에서 습격자의 흔적을 바라봤다. 나뭇가지들이 부러지고 짓눌린 흔적들이 있었다.

'고작해야 10여 명 정도인가.'

소규모 기습이었다. 유릭의 눈동자가 맹수처럼 빛났다.

"경계병은 뭐 하고 자빠진 거야? 엉?"

용병들과 병사들 사이에서 충돌이 일었다.

기습이 충분히 있을 거라 예상할 만한 상황이었다. 몇몇 용병의 증언에 따르면 경계병들이 태만하게 수다를 떨고 있었다고 했다. 방심한 사이 병사 세 명이 중상을 입었고 용병 한 명이 화살에 맞아 죽었다.

'긱스.'

유릭이 그 이름을 읊조렸다.

죽은 용병의 이름은 긱스. 검투단 때부터 있었으며, 퇴비 무더기에서도 함께 매복했던 용병이었다.

"유릭, 내가 봤다니까! 저 새끼들 완전 빠져 가지고 경계를 서는 둥 마는 둥 했다고."

용병 바요른이 유릭에게 말했다. 당장이라도 칼부림이 일어날 것만 같았다.

"바요른, 네가 본 놈이 누구지? 그 경계를 불성실하게 선 놈들 말이야."

유릭이 낮게 말했다. 바요른이 병사 두 명을 가리켰다.

콰직!

유릭이 달려가서 병사 두 명을 내동댕이쳤다. 주먹으로 그들의 얼굴을 후려치고 발로는 몸뚱이를 걷어찼다.

"커억, 컥, 끅."

맞고 있는 병사가 거북이처럼 몸을 웅크렸다. 유릭은 무덤덤하게 병사 두 명을 마구잡이로 구타했다. 다른 병사들이 유릭을 말리려고 달려들었다.

"그, 그만!"

퍽!

말리던 병사가 유릭의 팔에 맞아 기절했다. 유릭의 손아귀에서 피가 뚝뚝 묻어 나왔다. 맨손으로 사람을 죽일 기세였다.

"으, 으. 자, 잘못했습니다."

병사가 이대로는 자신이 죽을 것 같아서 중얼거리듯 사과했다.

"지금 이게 뭐 하는 짓인가!"

치안대장 세튼이 걸어오며 말했다.

"경계를 게을리 선 놈은 죽여도 돼."

유릭이 초주검이 된 병사의 멱살을 들어 올리며 말했다.

"당장 내 병사를 내려놓게! 용병대장!"

세튼이 소리를 질렀다. 칼자루에 손가락이 닿았다.

"내 형제는 이미 죽었어. 돌이킬 수 없지."

유릭이 병사를 내려놓으며 말했다.

"또 내 병사에게 손을 대면 도적보다 자네의 목이 먼저 달아날 걸세."

세튼의 외눈이 번뜩였다. 살의가 짙게 풍겼다.

'빌어먹을 야만인.'

잃어버린 눈이 욱신욱신 쑤셨다. 세튼은 야만인을 싫어한다. 그의 왼쪽 눈을 가져간 자가 바로 야만인이었다.

"유릭, 이만하면 됐어."

바크만이 유릭을 말렸다. 유릭이 용병들 사이로 돌아갔다.

도적들의 기습은 성공적이었다. 토벌대의 분위기가 뒤숭숭했다.

그들은 주변을 항상 경계하며 눈치를 살폈다.

따닥, 따닥.

용병들은 장작을 모아서 긱스의 시체를 태웠다.

"루여, 당신의 아들이 올라갑니다. 부디 죄 많은 영혼을 가엾게 여기시어……."

고트발이 장례기도문을 외웠다.

"그래도 제대로 된 성직자가 인도하는군. 긱스, 이승을 떠돌 일은 없겠어."

도노반이 쓰게 웃으며 말했다. 그는 죽은 긱스와 친밀한 사이였다. 도노반을 따르는 무리 중 한 명이 긱스였다.

치익.

도노반이 시체의 불꽃 위에 포도주를 흩뿌렸다.

"긱스를 위해 주먹을 휘둘렀다고 들었다, 유릭. 빚을 졌군."

도노반이 유릭을 보며 말했다. 타오르는 불꽃이 그들의 얼굴에 주홍빛으로 반사됐다.

"빚이라고 할 것도 없어. 우리 용병단의 이름은 형제들이지. 설사 도노반, 네가 죽더라도 나는 슬퍼하고 분노할 거다."

덤덤하게 말한 유릭이 불꽃을 쳐다봤다. 이글거리는 불꽃 속에서 긱스의 영혼을 찾아보려고 했다.

'내 눈에는 영혼이 보이지 않아. 성직자나 주술사들은 영혼을 보고 있는 걸까?'

태양교에서는 시체를 화장한다. 불꽃이 영혼을 태양신에게 보낸다고 믿기 때문이다.

"고트발."

유릭이 장례를 끝낸 고트발을 불러 세웠다. 고트발이 유릭을 돌아봤다.

"손의 상처는 좀 괜찮으십니까?"

유릭은 고트발을 지키려다가 손바닥에 화살을 맞았었다.

"멀쩡하게 움직이는 걸 보니 별문제는 없어."

유릭이 손바닥을 쥐었다 펴며 말했다.

"절 보호해 주신 데 진심으로 감사를 드리겠습니다, 유릭."

고트발이 예를 갖춰 말했다.

"별거 아니야. 뭐, 서로 돕고 사는 거지. 안 그래?"

"자비와 사랑은 루의 가르침이죠."

고트발이 웃었다.

"나는 자비와 사랑과는 거리가 먼 인물인데. 웃기는 일이군. 내 형제 긱스는 태양으로 잘 돌려보낸 건가?"

"루의 곁에 무사히 돌아갔을 겁니다."

"한 가지 궁금한 게 있어, 성직자."

유릭이 몸을 일으켰다. 그는 고트발보다 머리 하나만큼은 더 컸다.

"……나는 태양교도 북부의 신도 믿지 않아. 내가 믿는 사후세계는 그 어디에도 없어. 그럼 나는 죽어서 어디로 가는 거지?"

늘 궁금했다. 유릭의 사후세계는 무너졌다. 산맥 너머는 산 자의 세계다.

'내 선조와 형제들의 영혼은? 그리고 내 영혼은 어디로 가는 거지?'

고트발이 깊게 생각하더니 어렵게 입을 뗐다.

"그렇다면 그저 이승을 떠도는 악령이 될 뿐입니다. 본래의 자신조차 잊은 채로……."

유릭이 그 말을 듣고는 멀뚱히 다시 앉았다. 그는 고개를 삐딱하게 기울인 채 어둠과 불꽃을 번갈아 응시했다.

유릭은 그날 밤 꿈을 꿨다.

오래전에 흙으로 돌아간 선조들과 먼저 보낸 형제들이 이승을 떠돌고 있었다. 그들은 안식을 찾지 못하고 방황하며 괴로워했다. 악령들이 유릭이 죽기만을 기다리고 있었다.

우리의 영혼을 눕힐 안식처는 사라졌다. 유릭. 그건 너 때문이야! 네가 산 자들의 세계를 발견했다. 그 죄를 알아라. 너도 머지않아 이곳으로 올 것이다!

악령들이 웃었다.

어느 야만인이 산맥을 넘지 않았다면, 산맥 너머는 영혼들의 세계로 남아 있었을 것이다. 선조들의 영혼은 산맥 너머에서 편안히 쉬고 있었으리라. 그들의 안식을 깨트린 건 유릭의 눈동자였다.

유릭이 산맥 너머를 발견한 순간부터, 산맥 너머는 영혼들의 세계가 아니었다.

"하아악."

유릭이 잠에서 깨어나며 거친 숨을 내뱉었다.

쿵, 쿵.

불안감 때문에 가슴이 뛰었다. 유릭은 새벽의 별을 바라보다가 칼을 뽑았다. 차가운 칼날에 뺨을 가져가 댔다. 불안과 흥분이 칼날에 옮겨가듯 가라앉았다.

'악령인가.'

유릭은 아직도 어두운 숲을 바라봤다. 모닥불이 일렁일 때마다 어둠 속에서 악령들이 흔들리는 듯했다.

아직 이른 새벽인데도 유릭은 잠을 더 자지 않았다. 태양이 밝아오길 간절히 기다리며 동쪽을 바라봤다.

'바크만이 항상 말했지. 동쪽에서 땅이 끝나는 곳부터 드넓은 바다가 있으며, 그 바다마저 끝나는 곳이 바로 세상의 끝이라고.'

"여기부터는 놈들의 영역이야. 산과 숲은 이방인을 싫어하지."

스벤이 숨을 크게 쉬며 말했다. 토벌대는 산을 오르고 있었다. 도적의 소굴을 찾아 이리저리 주변을 탐색했다.

"밤이 되기 전에 소굴을 찾지 못하면, 또 야습을 해올 거야."

저번 야습에 부상자 3명이 발생했다. 그 부상자를 도시까지 데려가기 위해 6명의 비전투 손실이 생겼다. 용병 사망자까지 포함하면 10명이나 전투 인원이 줄어들었다.

"도적들의 숫자는 약 30여 명. 그리 많진 않아."

치안대장 세튼이 부관과 용병들을 불러 모으며 말했다.

"저쪽에 산을 잘 타는 놈들이 몇 명 있어. 수가 적다고 우습게 보다간 우리가 전멸할걸?"

유릭이 말린 고기를 질겅질겅 씹으며 말했다. 세튼이 인상을 찌푸렸다.

"사기가 떨어질 만한 소리는 삼가면 좋겠군."

"아니, 정말이야. 내가 야습받은 날 아침에 놈들의 흔적을 쫓아가 봤는데 중간부터 흔적이 아예 없었어. 나는 사냥꾼이야. 야생동물도 사흘 밤낮으로 쫓아본 적이 있다고. 내가 놓친다는 건, 놈들이 산을 어떻게 이용해야 하는지 안다는 뜻이지."

유릭이 차분히 말했다.

"그냥 보통 도적이 아니란 소린가……."

세튼이 턱을 괴며 생각했다. 도적 토벌에 성공하더라도, 아군의 피해가 크면 실패한 거나 마찬가지다. 이건 전쟁이 아니라 토벌이기 때문이다. 병사들의 손실 없이 돌아가는 것도 치안대장의 임무다.

"야만인이나 사냥꾼 출신이 도적 떼에 섞여 있을 확률이 높다는 거요, 치안대장. 그저 굶주린 농민들이 뛰쳐나와 뭉친 도적이라면 저번처럼 야습할 생각도 못 하겠지."

도노반이 뒤에서 말했다.

"그 정돈 나도 알고 있다. 놈들의 소굴이 어디에 있는지 정확히 모르는 이상…… 함부로 움직이기도 힘들어."

생각보다 도적 소굴은 찾기가 힘들었다. 그렇다고 병력을 분산시켰다간 각개격파 당할 위험도 있었다.

"내가 도적 소굴을 찾아보지. 병사들 중에 몸이 날랜 놈 몇 명만 붙여줘. 사냥꾼 출신이면 더욱 좋고."

유릭이 말했다. 세튼이 눈을 가늘게 떴다.

"자신이 있는 건가? 조금 전에 흔적이 끊겨서 찾지 못했다고 본인 입으로 말하지 않았나?"

"당연히 내가 무슨 사냥의 신도 아니고, 끊긴 흔적을 이어서 찾진 못하지. 도적들은 재미를 한번 봤기에 우리를 다시 또 야습할 거다. 그때 내가 놈들을 끝까지 추적하겠어."

유릭의 말을 듣던 세튼이 조용히 고개를 끄덕였다.

세튼은 사냥꾼 출신과 몸놀림이 좋은 병사를 몇 명 뽑아서 유릭의 휘하에 넣었다. 병사들은 유릭을 두려워하며 쳐다봤다.

날이 저물고, 수색에 지친 토벌대가 야영을 준비했다. 저번에 호되게 당한 터라 경비병을 여러 군데 둘러서 세웠다.

유릭과 추적조는 낮에 실컷 자두고 밤에 일어난 상태였다. 그들은 갑옷도 입지 않고 최소한의 장비만 걸친 상태였다.

"용병대장, 과연 놈들이 다시 습격할 것 같소?"

병사가 말했다. 유릭은 도끼날에 숯가루를 묻혀서 반사광을 지우고 있었다.

"산을 상당히 잘 타는 놈들이었어. 분명 다시 한번 찔러보려고 올 거야. 실패해도 잡히지 않을 거라는 자신이 있겠지. 나라면 그럴 거니까. 그리고 그냥 유릭이라고 이름을 불러, 제스바."

제스바는 사냥꾼 출신이었다. 불안정한 사냥꾼 생활이 지긋지긋해진 그는 도시 치안대 시험에 도전했고, 이렇게 하비론드의 병사가 되었다.

"알겠소, 유릭."

제스바가 대답했다. 그를 비롯해 네 명의 병사가 유릭 밑에 배치됐다.

"하하, 여기서도 산을 타고 추적을 하는 날이 올 줄이야."

유릭이 씨익 웃었다. 그는 간만에 하는 사냥이 즐거웠다. 그게 짐승 사냥이든 인간 사냥이든 말이다. 무언가를 쫓는다는 행위 자체가 피를 끓게 만든다. 유릭에겐 사냥꾼의 피가 흐르고 있었다.

"나도 옛날엔 사냥꾼이었소, 유릭. 나름대로 재능도 있다고 생각했지. 산을 타면 시간이 얼마가 걸리든 반드시 한 마리는 잡고 내려왔으니까."

유릭과 제스바가 이야기를 나눴다. 어차피 습격을 기다리는 동안은 할 일이 없었다.

"하지만 사냥꾼이라는 직업은 위험에 비해 수입이 좋진 않았지. 특히 남부와 북부에서 모피와 가죽들이 물밀듯 밀려오면서 안 그래도 없던 수입이 더 줄고 말았소. 결혼까지 한 터라 이대로는 안 되겠다 싶었지. 처자식을 먹여 살리려면 안정적인 수입이 필요했으니까."

제스바가 한탄하듯 이야기를 풀어 나갔다. 유릭은 그의 이야기를 흥미롭게 들었다.

"왜 남부와 북부에서 모피와 가죽이 밀려들어 온 거지?"

"제국의 정복 사업이 안정화되면서 야만인들이 문명화되기 시작했소. 이건 나보다 당신이 더 잘 알 것 같은데? 하여튼 야만인 중에는 뛰어난 사냥꾼이 많았고, 야만인들과 계약한 상인들을 통해 제국에 유통되는 모피와 가죽이 많아졌지."

"과연! 그렇군."

유릭이 추임새를 넣었다. 제스바는 어깨를 으쓱하며 말을 이었다.

"마침 하비론드에 도시 치안대원을 뽑는다는 소식을 들려왔고, 여차여차해서 이렇게 되었소. 하비론드의 병사 생활은 주변 영지나 도시에 비해서 상당히 괜찮은 편이지. 대우가 무척 좋아서 먹고사는 데 걱정은 없거든. 이번에 부인이 셋째를 임신했는데 곧 출……."

유릭이 제스바의 입을 막았다.

"쉿."

"적, 적이 나타난 거요?"

제스바가 낮게 속삭였다.

유릭이 고개를 저었다.

"이런 순간에 가족 이야기를 꺼내면 꼭 전투 때 죽더라고, 내 경험상."

듣고 보니 그런 것 같았다. 제스바도 동의한다는 듯이 고개를 끄덕였다.

"그럼 가족 이야기는 하지 않는 게 좋겠군. 불길한 액운을 불러올 것 같으니 말이오, 하하."

제스바가 웃었다.

'야만인이라 선입견이 있었는데, 막상 이야기하니 말이 잘 통해.'

한결 분위기가 가벼워졌다. 제스바는 처음에 유릭을 보곤 겁을 먹었었다. 유릭이 맨손으로 병사 두 명을 개 패듯 패는 걸 봤기 때문이었다.

'그렇게 폭력적인 사람은 아니었어. 생각보다 나이가 많은 것 같지도 않고 남의 이야기도 잘 들어주는군.'

제스바는 유릭과 같이 이번 추적 임무를 잘해낼 거라 생각했다. 대화를 하면서 유대감이 생겼다. 유대감이란 등을 맞대는 동료들 사이에서 굉장히 중요한 감각이다. 유릭도 제스바도 그걸 잘 알고 있다.

"나타났다!"

뿌우우우!

경계병이 나팔을 불었다. 저번과 달리 병사들은 방패를 곁에 두거나 엄폐물 사이에서 휴식을 취하고 있었다. 급습에 맹하게 당하는 이는 없었다.

"어느 쪽이야! 횃불을 던져 봐!"

토벌대원들이 요란하게 외치며 주변을 수색했다.

이번 기습에서는 재미를 보지 못한 도적들이 미련 없이 자리를 떴다. 어차피 크게 기대도 하지 않고 찔러보는 거였다.

"가자, 친구들."

유릭과 병사들이 도적들을 쫓았다. 그들은 어느 정도 거리를 두고 도적들의 흔적을 빠르게 쫓아갔다. 몸놀림이 전부 좋은 병사들이라 도적들을 집요하게 쫓아갈 수 있었다.

"후욱, 후욱."

시간이 지날수록 병사들의 숨소리가 조금씩 거칠어졌다. 반면에 도적들의 속도는 더 빨라졌다.

'도적 주제에 보통 체력이 아니군.'

유릭이 병사들을 바라봤다. 병사들을 끌고 도적들을 쫓는 건 힘들었다.

"천천히 쫓아와. 내가 가지를 꺾어서 표시할 테니까."

유릭이 말했다.

제스바가 눈을 크게 떴다. 유릭의 보폭이 넓어졌다. 단숨에 병사들을 앞지르며 나아갔다.

'나도 나름 산타기에 자신이 있었는데……. 저건 짐승 수준 이군. 늑대나 다름없어.'

유릭은 단숨에 도적들과 거리를 좁혔다. 그러면서도 발소 리는 거의 없다시피 했다.

우둑.

중간중간에 나뭇가지를 가죽에 감싸서 꺾었다. 소리가 가 죽에 묻혔다.

'부족전사들과 엇비슷한 체력이야.'

유릭은 그들을 따라가면서 이질감을 느꼈다. 이곳 문명인 들은 비교적 체력이 약한 편이었다. 일개 도적들의 체력이 이 렇게 뛰어나다는 게 이상했다.

'내가 아니었으면 아무도 쫓아가지 못했을 거다.'

유릭이 바위 사이를 껑충껑충 뛰었다. 도적 소굴은 생각보 다 더 험한 곳에 있는 듯했다.

스르르륵.

유릭은 등골이 오싹한 걸 느꼈다. 머리카락이 움찔움찔 했다.

팟.

유릭이 바로 바위 아래로 뛰어내렸다. 유릭의 머리카락이 잘려 나갔다.

"잘 피했군."

유릭을 공격한 사내가 말했다. 상반신 전체가 기묘한 문신으로 범벅이었다.

"내가 추적하고 있다는 걸 알고 있었나?"

유릭이 도끼 두 자루를 꺼내 들며 말했다.

"뒷덜미가 간지러워서 누군가 쫓아온다는 건 알았지."

문신 사내는 곡도를 들고 있었다. 유릭이 처음 보는 형태의 무기였다.

'빨리 죽여야 돼.'

지금은 유릭이 불리한 상황이었다. 누군가 합류한다면 아군이 아니라 적일 가능성이 높았다. 어쩌면 이 근처가 도적 소굴일지도 모른다.

키이잉.

유릭이 가볍게 도끼날을 부딪쳤다. 그걸 신호 삼아 달려 나갔다. 유릭의 특기는 쌍수도끼다. 거친 힘을 살려서 사정없이 적을 공격했다.

카캉! 캉!

쇠붙이 무기들이 부딪친다. 간간이 불티가 튀면서 주변이 밝아졌다. 문신이 더욱 뚜렷하게 보였다.

'뱀?'

문신의 정체는 뱀이었다. 뱀이 사내의 몸을 휘어 감은 모양새였다.

"흡!"

유릭이 팔에 힘을 잔뜩 줬다. 도끼를 전력으로 휘둘렀다.

카앙!

문신 사내의 곡도가 뒤로 밀려났다. 완력에서 유릭이 압도했다.

스겅!

유릭이 남은 도끼로 문신 사내의 목을 깊게 베었다.

"끄르르륵."

문신 사내가 목을 감싸며 주저앉았다. 믿기 힘들다는 표정으로 유릭을 올려다봤다.

"내가 힘이 좀 세지."

유릭이 어깨를 으쓱하며 문신 사내의 머리채를 잡고 그의 목덜미를 도끼로 찍어 내렸다.

"쩝, 날이 나갔네."

유릭은 이가 나간 도끼를 바라봤다. 전력으로 휘두른 탓에 곡도와 부딪치는 충격을 견디지 못했다.

'역시 무기는 제국강철이 좋다니까.'

추적할 때 걸리적거린다고 제국강철검을 놔두고 온 게 후회됐다.

제국강철검이었으면 그 정도로 이가 나가지 않는다. 수많은 전사들이 제국강철 무기를 흠모하는 이유가 있다. 비싸고 구하기도 힘들지만 값어치는 한다.

"겨우 따라잡았군."

제스바와 추적조원들이 뒤늦게 유릭을 따라왔다.

"뱀교잖아. 남부 야만인이로군."

병사 하나가 죽은 문신 사내를 보며 말했다.

"뱀교?"

유릭이 반문했다.

"어린아이를 제물로 바치는 지독한 남부의 이교도들이죠. 단순히 이단이 아니라 사교도로 취급합니다. 남부 야만인들 틈에서도 좋은 취급을 받지 못하는 더러운 놈들입죠, 퉷!"

병사가 문신 사내의 시체에 침을 뱉었다. 문명인들은 이단 종교들도 나름 인정을 하지만 뱀교는 아예 경멸했다.

스륵, 스륵.

유릭은 다시 털이 곤두서는 감각을 느꼈다.

'이 자식들 보통내기가 아닌데.'

유릭조차 가까이 오기 전까지 그들의 기척을 감지하지 못했다.

사방에서 뱀의 문신을 한 사내들이 모습을 드러냈다. 그들은 동료의 시체를 보며 인상을 찌푸렸다.

"나름 동료애가 넘친다는 거냐? 하하."

유릭이 억지로 웃었다. 사방에서 나타난 문신 사내들은 열 명이 넘었다.

"어, 언제 주변을 포위한 거지!"

제스바가 화들짝 놀라며 칼을 들었다. 유릭과 제스바, 추적조원 세 명. 고작 다섯 명이서 저들과 맞서야 한다.

"나팔을 불어, 제스바. 원군이 올 때까지 버틸 수밖에 없겠군."

제스바가 나팔을 꺼내서 입에 물었다. 힘껏 숨을 내뱉으려는 순간, 제스바의 가슴팍에서 피가 흘러내렸다.

'화살.'

수풀 사이에서 활을 든 도적들이 나타났다. 그들은 문신이 없었지만, 도적 무리의 일원이었다.

'얼추 20여 명인가.'

유릭은 죽어가는 제스바를 어깨로 받치며 적들을 살폈다.

"쿨럭."

제스바의 목구멍에서 피가 왈칵 쏟아졌다.

"내가 말했잖아. 싸우기 전에 가족 이야기를 하면 꼭 뒈진다니까."

유릭이 쓰게 웃었다. 어차피 제스바는 살기 글렀다. 유릭은 죽어가는 제스바의 몸뚱이를 방패처럼 이용했다. 궁수들이 좀처럼 유릭을 노리지 못했다.

"으, 으으으."

추적조로 딸려온 병사들이 벌벌 떨었다. 포위를 당해 공포감이 스멀스멀 올라왔다.

"싸우면서 크게 함성을 내질러. 아군이 올 수 있도록."

유릭이 주변 환경을 살폈다. 어두운 숲이라는 이점이 있다.

'여기서 죽을 수도 있겠다는 생각이 팍팍 드는군.'

입가가 씰룩였다. 유릭이 숨을 크게 들이마셨다가 내뱉었다.

"우와아아아아아아-!!"

유릭이 함성을 내질렀다. 쩌렁쩌렁한 목소리가 산 전체에 퍼졌다. 나팔이 따로 필요 없을 정도였다. 함성이 메아리치며 반복됐다.

유릭은 부족 간의 전쟁에도 몇 번이나 참전했었다. 항상 이기는 전쟁만 있었던 건 아니다. 도망가야 할 때도 있었고, 불리한 상황도 여러 번 있었다.

형제들의 죽음을 보며 유릭은 전장에서 살아남는 방법을 배웠다.

유릭이 슬금슬금 뒤로 물러나며 나무를 끼고 움직였다. 다른 병사들을 신경 써 줄 여유는 없었다. 혼자 살아남는 것만으로도 벅차다.

"와라, 가장 먼저 덤벼드는 놈부터 모가지를 따주지."

이를 드러내며 협박을 했다. 그 기세에 문신 사내들도 잠시나마 머뭇거렸다.

모든 게 불리하지만 시간만큼은 유릭의 편이었다. 유릭의 포효를 들은 토벌대가 이쪽을 향해 오고 있을 것이다.

급한 쪽은 도적들. 그들이 유릭과 병사들을 향해 달려들었다.

유릭이 도끼 두 자루를 힘껏 움켜잡으며 달려오는 적들을 쳐다봤다.

'여기서 죽는다면 내 영혼은 어디로 가는 걸까? 정말로 악령이 되는 건가?'

실없는 생각에 웃음이 나왔다.

뱀교의 전사들은 제국군에게 쫓겨 추방당한 이들이다. 그들은 사교도로 몰리면서도 자신들의 종교를 포기하지 않았다. 도적이 되어 도망자의 삶을 전전했다.

"육체란 허물을 벗으면 영원이 우리를 기다릴 뿐."

뱀교의 전사가 중얼거리며 적들을 바라봤다. 고작해야 5명도 남지 않았다.

"빨리 죽이고 자리를 뜨자고."

형제가 죽은 이상 복수는 해야 한다. 그들은 유릭을 죽이고 도망갈 생각이었다. 시간이 얼마 걸리지 않으리라 생각했다.

콰직!

뱀교의 전사들은 곧 자신의 생각이 착각이라는 걸 알았다. 20여 명이 넘는 도적이 포위하고 있는데도 유릭은 쉽게 잡히지 않았다.

'숲을 끼고 싸우는 데 노련하다.'

유릭은 나무 사이를 오가며 화살을 피했고, 먼저 다가오는 적들을 착실하게 찍어 죽였다.

'유리하다는 느낌이 들지 않아. 오히려 진흙탕 속으로 음습하게 빨려가는 기분……'

뱀교의 전사들이 신중하게 유릭의 주변을 에워쌌다. 한 명씩 달려들면 차례대로 죽을 뿐이다. 사방에서 덮칠 생각이었다.

"하, 이제 머리를 좀 쓰시는군. 뱀 문신 놈들."

도적들은 뱀교가 주축이지만 생활고를 못 이기고 뛰쳐나온 이들도 있었다. 대부분 탈주 노예였다. 그런 밑바닥 신분이 아닌 이상에야 뱀교와 손을 잡을 자들은 드물다.

'뱀 문신을 한 놈들은 좀 강해. 그 외에는 별 볼 일 없지만.'

유릭의 눈동자가 빠르게 움직였다. 적들의 위치를 파악했다. 어디로 빠지면서 싸워야 할지 저절로 머릿속에 그려졌다. 유릭도 숲에서 싸우는 건 이골이 났다.

"후욱."

유릭의 숨이 어깨까지 차올랐다. 그가 베어낸 도적은 네 명이 넘어갔다. 그사이에 유릭과 함께했던 병사는 모두 죽었다.

'나 혼자 남았군.'

죽음이 턱밑까지 유릭을 쫓아왔다. 서늘한 한기가 목덜미를 스친다.

이리 와라, 유릭.

죽은 뒤에 우리가 쉴 곳은 없어.

그저 이승을 떠돌 뿐.

악령들이 속삭이는 듯했다. 유릭은 헛것이 들리자 고개를 흔들었다.

"내가 미쳐 버린 건가."

유릭은 눈을 부릅떴다. 뱀교의 전사들이 유릭을 덮쳤다.

유릭이 도끼로 나무를 찍어가며 재빨리 올라갔다. 나무 중간까지 올라간 유릭이 높게 뛰어올라 뱀교의 전사들 뒤로 넘어갔다.

순식간에 포위망을 벗어나며 적들의 후방까지 잡았다. 기상천외한 움직임이었다.

촤악.

유릭이 땅바닥을 뒹굴며 뱀교의 전사들의 다리를 베었다. 비명이 이어지고, 궁수들이 유릭을 조준했다.

쉬익.

어둠 속에서 화살이 날아온다. 유릭이 몸을 웅크리며 얼굴과 배를 가렸다.

푹.

화살들이 팔다리에 꽂혔다. 뜨거운 울분이 입 밖으로 튀어나왔다.

"으아아아아!"

유릭이 팔다리에 박힌 화살을 꺾으며 포효했다. 그가 도끼를 내던져 접근하는 뱀교 전사의 머리를 쪼갰다. 그대로 밀어붙이며 하나 남은 도끼로 적들을 찍었다.

다른 한 손으로는 쓰러진 적의 곡도를 빼앗아 휘둘렀다. 베기에 특화된 칼이었다. 힘이 제대로 실려서 방패로 막은 적조차 휘청거렸다.

'놈의 옆구리가 비었다.'

후방에서 달려든 뱀교의 전사가 유릭의 옆구리를 노렸다. 그의 곡도가 깔끔한 원을 그렸다.

우득!

유릭이 팔꿈치로 옆구리를 노리는 곡도의 날을 찍어 내렸다. 곡도의 궤도가 흐트러지며 유릭의 허벅지를 베고 지나갔다.

'무슨 반응이······.'

뒤를 노리던 뱀교의 전사가 경악했다.

"아프잖아아아!"

퍼억!

유릭이 발끈하며 주먹을 휘둘렀다. 곡도를 휘두른 전사의 얼굴을 강타했다. 얼굴뼈가 무너지면서 압력으로 눈알이 튀어나왔다.

절뚝.

유릭이 왼쪽 다리를 절뚝였다.

'옆구리가 갈라지는 건 피했지만 다리가 깊게 베였어.'

다수의 도적을 상대로 버텼던 건 유릭의 기동력 때문이었다.

미꾸라지처럼 포위망을 빠져나가면서 한 놈씩 잘라먹었으나, 이제는 왼쪽 다리가 마음대로 움직이지 않았다. 발이 땅에 닿을 때마다 피가 쏟아지면서 상처가 벌어졌다.

뱀교의 전사들은 유릭을 만만하게 보지 않았다. 신중하게 주변을 다시 한번 포위했다. 이미 여러 형제가 유릭의 손에 죽었다.

'저력이 있는 놈이다.'

그 어떤 달인이라도 사방에서 동시에 덮쳐 오는 칼날을 이겨내진 못한다. 인간의 손은 두 개밖에 없기 때문이다.

합공을 받는 상황을 피하며, 일대일 상황을 만들어서 적의 숫자를 줄이는 것. 다대일로 싸울 때 중요한 원칙이다. 기동력이 그 핵심이다. 그걸 잃은 유릭은 죽은 거나 마찬가지였다.

절뚝.

유릭이 슬금슬금 물러나 보지만 포위망은 좁아졌다. 유릭이 나무 뒤로 나올 때마다 궁수들이 화살을 쐈다.

꿈틀꿈틀.

유릭이 헛것을 봤다. 어둠 속에서 악령들이 유릭을 기다리고 있었다.

안식 없이 영원히 이승을 떠도는 영혼들.

지금 유릭은 죽음이 두렵지 않았다. 죽음 후에 겪게 될 영원한 방랑이 두려웠다.

"하, 하하."

헛웃음이 나왔다. 유릭은 허벅지의 상처를 손가락으로 후벼서 피를 잔뜩 묻혔다. 통증이 척추를 타고 뇌까지 스며든다. 정신이 번쩍 들었다.

할짝.

손가락에 묻은 피를 핥았다. 죽음의 맛이 느껴진다.

'아직 보고 싶은 게 있어.'

유릭의 눈동자가 빛났다. 그는 자신의 욕망을 바라봤다.

황금빛 밀밭, 불타는 대지, 드넓은 바다, 세상의 끝.

"저기다!"

뿌우우우!

토벌대의 나팔 소리가 들렸다.

Chapter 2

"살아 있냐? 유릭."

바크만이 누워 있는 유릭을 바라보며 말했다.

"죽을 것 같아."

유릭이 시체들을 밀어내며 말했다. 최후의 순간에 도적들은 유릭을 일제히 덮쳤다. 유릭은 땅바닥을 구르며 악착같이 버텼었다.

'살긴 살았군.'

운이 좋았다. 토벌대가 조금이라도 늦었으면 유릭은 살아남지 못했을 터다.

"죽이진 말아. 광장에서 공개 처형을 해야 하니까. 빌어먹을 도적놈들."

병사들이 도적들을 포박하며 말했다. 도적 토벌은 성공적이었다. 멀지 않은 곳에 도적들이 머무는 동굴이 있었다. 입구가 좁은 동굴이라 지금까지 보지 못했던 것이다.

도적들은 모두 밧줄에 묶인 채로 질질 끌려다녔다. 병사들이 도적들 머리에 오줌을 누고 침을 뱉으며 그들을 조롱했다.

"도대체 혼자서 몇 명이나 죽인 거야? 하하. 대단해. 역시 우리 대장이야."

바크만이 도적들의 시체를 보며 말했다. 유릭이 죽인 것으로 추측되는 시체들이 군데군데 있었다.

'혼자 버티다 못해 몇 명이나 죽이다니. 괴물인가.'

치안대장 세튼이 유릭을 힐끗 쳐다봤다. 그가 보낸 병사들은 얼마 버티지 못했다. 저 앞에서 죽어 있었다. 살아남은 유릭의 도주로를 따라 도적들의 시체가 있었다.

'쫓기면서 적어도 네다섯 명은 넘게 벴다.'

세튼이 순수하게 감탄했다. 유릭은 대단한 수준의 전사였다. 야만인과 문명인이라는 경계의 거부감보다 무인으로의 동질감이 더 커졌다.

"음유시인의 노래가 단순히 허풍만은 아니었나 보군."

세튼이 전장을 정리하며 중얼거렸다. 도적을 생포하고 소굴에 있는 재물들을 노획했다.

유릭은 치료를 받는 중이었다. 기절해도 이상하지 않은 중상이었다.

"이 악다물어. 아플 거야."

바크만이 집게를 가져오며 말했다. 그는 유릭의 팔다리에 박힌 화살들을 뽑아냈다.

"음."

유릭이 움찔하며 이를 악물었다.

"재갈이라도 줄까?"

"아니, 필요 없어. 술이나 줘."

유릭이 모닥불에 칼날을 달구며 말했다. 그걸로 상처들을 지질 셈이었다.

찌이익.

살이 찢어지면서 화살촉이 하나둘씩 나왔다. 네 개나 빼냈다.

"이세 다 뺐지? 보는 내가 땀이 나네."

바크만이 소매로 이마를 쓱쓱 닦았다. 그가 피가 묻은 집게를 씻어서 불에 소독하고는 다음 사람에게 넘겼다.

치이이익.

유릭이 달군 칼날을 허벅지에 가져다 댔다. 살이 익는 소리가 났다.

"쓰읍, 더럽게 아프네."

아무리 유릭이라도 아픈 건 아픈 거다. 이가 달달 떨려왔다.

"이걸 드시면 좀 나을 겁니다."

어느새 유릭에게 다가온 고트발이 말했다. 그는 뭔가를 부상자들에게 나눠 주고 있었다.

"이게 뭔데?"

유릭이 컵에 담긴 액체를 바라봤다.

"꿀과 계피를 넣어 끓인 포도주입니다. 피를 많이 흘렸을 때, 원기보충에 좋죠."

종군 성직자의 역할 중 하나다. 지친 병사들과 부상자들을 돌봐주는 것. 성직자들은 다방면에 이런저런 지식이 많았다.

"술맛이 거의 안 나는데?"

유릭이 맛을 보더니 말했다.

"끓여서 그렇습니다."

"흐음."

마시니까 확실히 속이 따뜻해지는 기분이다. 나른해서 이대로 눈을 감고 싶었다.

"뱀교라니, 아직도 그 잔당이 남아 있었군요. 악명 높은 사교도입니다."

고트발이 눈을 찌푸렸다.

"나쁜 거야?"

유릭이 졸린 눈을 뜨며 말했다.

"저들은 아이를 납치해 제물로 바칩니다. 그리고 그 살을 나눠 먹지요."

"그래? 사람고기는 썩 먹을 만한 게 안 될 텐데. 아이는 좀
다른가?"

유릭이 태연하게 말했다. 고트발이 경직된 눈으로 유릭을
쳐다봤다.

"머, 먹어본 겁니까?"

고트발의 반응을 본 유릭이 아차 싶어서 머쓱하게 웃었다.
대답은 하지 않았다.

"루여, 죄 많은 자들을 용서하시옵소서. 빛으로 무지를 밝
히시어 옳은 길로 인도하고……."

고트발이 절망하듯 기도했다.

"고트발, 이거 효과 좀 있는 것 같아. 몸이 따뜻해지니 졸
립군."

유릭이 빈 컵을 들며 말했다. 그가 나무에 기대어 눈을 감
았다. 목이 꾸벅꾸벅 떨어지듯 흔들렸다. 모든 게 끝나자 긴
장이 풀리면서 의식이 끊겼다.

뱀교의 전사들은 네 명이 남아 있었다. 포박된 그들은 유릭
을 보며 눈을 부라렸다.

생포된 도적의 운명은 뻔했다. 광장에서 교수형 당하는 일
만 남았다. 본보기로 처참하게 죽을 터다. 죽은 뒤에도 안식
을 취하지 못하고, 잘린 목은 성문 앞에 효수되어 도적들을 향

한 경고가 된다.

"히익! 이게 뭐야! 으, 으악!"

전리품을 들던 병사가 외쳤다. 항아리 뚜껑을 열자 뱀들이 스멀스멀 튀어나왔다.

쉬익, 쉬익.

뱀들이 빠르게 흩어졌다. 그걸 본 뱀교의 전사들이 입술을 모으며 휘파람 불고 혀를 차며 이상한 소리를 냈다.

"휘리릭, 쉬익!"

뱀들이 그 소리에 반응하듯 갑자기 공격적으로 변했다. 뱀들이 뛰어오르더니 주변의 병사들을 물었다.

"카악!"

"저 새끼들 입을 막아!"

병사들이 뱀교의 전사들 입에 재갈을 물렸다. 그사이에 물린 사람이 몇 명이나 됐다.

치르르르.

뱀 한 마리가 수풀을 헤치며 움직였다. 그 뱀은 유릭을 향해 곧장 기어갔다.

쉬익!

뱀이 똬리를 틀다가 튀어 나갔다. 유릭의 목덜미를 물 기세였다. 평소의 유릭이라면 이런 소란 속에서 진작 깨어났을 터다. 하지만 지금 그의 의식은 완전히 가라앉아 있었다.

"읏."

고트발이 오른팔을 뻗어서 뱀을 쳐 내려고 했지만, 뱀이 그의 손을 물고 놓지 않았다.

"고트발 수사님!"

병사가 뱀을 베며 외쳤다.

"이놈들은 독사야!"

뱀에게 물린 병사들이 거품을 물며 쓰러졌다.

"제 팔을 묶어주십쇼!"

고트발이 팔을 내밀며 말했다. 병사들이 고트발의 옷자락을 찢어서 그의 팔뚝을 묶었다. 꽉 동여매 피가 통하지 않도록 했다.

고트발의 팔이 독 때문에 부어오르면서 색이 변했다.

'진짜 독이군.'

혼란이 가라앉았다. 뱀들은 모두 잡았고, 뱀교의 전사들이 다시 말을 못 하게 그들의 입에 재갈을 물렸다.

"이게 무슨 일이야."

깨어난 유릭이 쓰게 웃었다. 정신이 번쩍 들었다. 병사 하나가 유릭을 보며 말했다.

"당신을 지키기 위해 고트발 수사님이 대신 뱀에게 물렸소."

처음에는 농담처럼 들렸다. 유릭은 고트발의 어색한 웃음을 보며 그게 진실이라는 걸 알았다.

'저 유약한 사내가 나를 위해······.'

유릭은 고트발의 팔을 바라봤다. 뱀에게 물린 자국과 묶인 팔뚝을 보며 인상을 험악하게 찌푸렸다. 안일하게 눈을 감고 휴식을 취하던 자신에게 화가 났다.

"빌어먹을!"

유릭이 다친 다리로 나무를 걷어찼다.

"괜찮습니다, 유릭. 이걸로 죽진 않을 겁니다."

고트발이 유릭을 달래듯 말했다. 유릭이 눈을 부라렸다.

"하지만 그 팔은 잘라야겠지."

유릭이 말했고, 고트발은 여전히 어색하게 웃을 뿐이었다.

유릭은 고트발의 눈을 바라봤다. 주위 병사들이 고트발의 팔다리를 붙잡고 있었다.

"재갈은?"

유릭이 묻자, 고트발이 고개를 저었다.

"괜찮습니다. 기도할 테니까."

모닥불이 타닥타닥 소리를 내며 타오른다. 유릭은 그 안에 달궈뒀던 도끼를 꺼내 들었다. 팔을 자르는 데는 칼보다 도끼가 나았다.

"루여, 제게 고통을 이겨낼 용기를 주소서."

고트발이 중얼거렸다.

"아플 거야, 성직자."

유릭이 말했다. 그는 고트발의 팔을 자르겠다고 스스로 나섰다. 고트발의 고통을 남에게 미룰 생각은 없다.

끄덕.

고트발이 고개를 끄덕였다. 그의 눈동자가 유릭을 쳐다봤다.

'고트발은 유약한 사람이 아니야.'

유릭은 고트발 같은 사람을 처음 봤다. 강한 전사가 곧 강한 인간이다. 그게 유릭이 알고 있는 인간의 정의였다. 육체적으로 나약한 이들은 나약할 뿐이다.

'아무리 입으로 거들먹거려도 육체가 약해지면, 결국 마음도 약해지는 법이지.'

고트발은 그런 부류의 인간에 들어가지 않았다. 전사도 아니지만 그는 강한 인간이었다.

"도중에 죽을 수도 있어, 고트발. 그 전에 하나만 묻지."

유릭이 고트발의 소맷자락을 걷으며 말했다.

"말하시지요."

고트발이 눈을 감았다가 뜨며 말했다. 그의 눈동자는 끔찍한 고통을 앞둔 사람치고는 고요하고 차분했다. 마음을 정리한 듯했다.

"왜 나 대신에 물린 거지?"

"대신 물릴 생각은 없었습니다. 그저 구해야 한다고 생각했을 뿐. 당신이 절 노리는 화살을 막았을 때, 별다른 생각을 하고 움직이지는 않았을 겁니다."

"그렇긴 하지."

유릭이 중얼거리며 도끼를 내려치려고 했다. 고트발이 잠시 머뭇거리다 다시 입을 뗐다.

"굳이 이유를 말하자면…… 저는 갈 곳이 있기 때문입니다. 제가 가야 할 길은 뚜렷하지요. 제가 죽을지라도, 루께서 기꺼이 저를 인도할 겁니다. 하지만 당신에겐 아직 안식이 없지요."

유릭의 눈동자가 커졌다. 그는 다른 사람에게 보지 못한 무언가를 고트발에게서 보았다. 그게 무엇인지는 정확히 표현할 방법이 없었다. 유릭은 노련한 전사였지만, 노련한 인간은 아니었다. 아직 아는 것보다 배워야 할 게 더 많은 사내였다.

'내가 영혼을 볼 수 있다면, 분명 고트발의 영혼은 깨끗하고 반짝이겠지. 성직자란 원래 그런 건가.'

고트발은 빛나는 사람이다. 유릭의 머릿속에서는 그런 생각밖에 들지 않았다.

"전사는 아니지만 너는 존경받아 마땅한 사람이다, 고트발."

유릭이 도끼로 고트발의 팔을 내려쳤다.

살과 근육이 갈라지고 뼈까지 부순다. 한 번에 깔끔하게 잘리지 않았다.

다시 한번 내려쳤다. 고트발이 비명을 지르다가 갈라지는 목소리로 기도했다. 루라는 이름만 선명하게 들릴 뿐, 그 뒤의 말들은 흐트러지며 끊겼다.

유릭이 힘차게 도끼를 다시 휘둘렀다. 이번에는 팔이 완전히 끊어졌다. 유릭이 손짓했고, 기다리고 있던 병사들이 달군 철판을 가져와 잘린 팔의 단면을 지졌다.

치이익.

고트발이 비명을 참으면서 간헐적으로 기도문을 외웠다. 땀을 뻘뻘 흘리면서 오줌까지 지렸다.

유릭은 고트발이 기절해서 잠들 때까지 그 옆을 지켰다.

"후우."

유릭이 숨을 내뱉으며 도끼를 내려놓았다.

남은 건 하늘에 맡길 뿐이었다. 이미 늦어서 독이 몸을 파고들어도 죽을 것이고, 팔을 자른 후유증을 몸이 버티지 못해도 죽는다.

'너의 신이 너를 데려가지 않는다면 살아남겠지.'

태양신 루.

유릭은 하늘을 바라봤다. 아직 밤이다. 동이 트려면 멀었다.

"유릭, 어딜 가?"

유릭이 숲으로 걸어가자, 용병 하나가 물었다.

"오줌 싸러. 왜? 내 고추 구경이라도 하고 싶냐?"

유릭이 바지춤을 위로 추어올리며 말했다. 용병이 중지를 세우며 욕을 내뱉었다.

스슥.

유릭이 비틀비틀 걸어서 숲 안쪽까지 들어갔다. 주위엔 유릭 말고는 아무도 없었다.

털썩.

무기를 내려놓고 무릎을 꿇었다. 유릭은 문명인처럼 기도했다.

"당신이 고트발을 데려가지 않는다면……."

숨을 낮게 몰아쉬며 천천히 입을 뗐다.

"한번 믿어보지. 태양신이라는 걸."

토벌대가 도시로 돌아왔다. 사람들이 손뼉을 치며 창문에서는 처녀들이 꽃잎을 던졌다. 성대한 환대 속에서 토벌대들은 손을 높게 흔들었다.

"수고했네! 세튼 경! 그리고 유릭의 형제들!"

하비론드 백작이 팔을 크게 벌리며 토벌대를 환영했다. 토벌대가 돌아온다는 소식에 이미 연회 준비까지 끝낸 터였다.

"우우우! 망할 도적들!"

"사교도다! 사교도!"

토벌대 뒤에는 도적들이 묶여 있었다. 사람들은 그들에게 돌멩이와 썩은 채소 따위를 던졌다. 누군가는 그들이 지나갈 때, 창문 위에서 오물통을 부었다.

"꼴좋다!"

도적들은 죽은 눈동자로 저벅저벅 뒤를 따랐다. 그들의 운명은 죽음뿐이다. 사후세계에서도 평안하지 못하도록 온갖 저주와 모욕을 당할 터다.

토벌대는 편안한 휴식을 취하고 도적들은 감옥으로 들어갔다.

"크으, 대우가 좋은걸. 내성의 손님방이라고. 얼마 만이냐, 이 푹신함!"

목욕을 마친 바크만이 침대에 벌러덩 누우며 말했다. 몇몇 용병은 성안으로 초대를 받았다.

맞은편 침대에는 유릭이 앉아 있었다. 그는 바크만과 달리 기분이 좋아 보이지 않았다.

"유릭, 아직도 성직자를 신경 쓰는 거야?"

"아니, 별로."

"신경 쓰고 있는 것 같은데?"

"아니라고 했잖아. 한 번만 더 지껄이면 뒈진다."

유릭이 으름장을 놓자, 바크만이 웃으면서 입을 다물었다.

'이게 잘하는 짓일까?'

기분이 싱숭생숭했다. 그날 밤 숲에서 했던 맹세가 머릿속에 맴돌았다.

'이제 와서 한번 내뱉은 맹세를 무를 순 없지.'

고트발이 살아나면 유릭은 태양의 세례를 받을 생각이었다.

'루를 믿으면 나의 영혼은 내 조상과 형제들과 다른 곳으로 가겠지. 만나지 못할 거야.'

두려웠다. 갈 곳을 잃어 이승을 떠도는 것만큼이나, 부족의 형제들과 다른 곳으로 간다는 사실이 그를 불안케 했다.

불안으로 어깨가 미미하게 떨렸다. 몇 번이나 되물었다.

'이게 잘한 짓일까?'

맹세를 무를 생각은 없다. 그건 죽어도 못 할 짓이다.

'차라리 고트발이 이대로 죽어버리면……'

유릭은 그런 생각마저 하다가 고개를 흔들었다.

고트발이 죽는다면 아무런 고민을 하지 않아도 된다. 태양신 루 따위 부탁 하나 들어주지 않는 쪼잔한 신이기에 믿지 않아도 그만이다.

"제기랄."

유릭이 뜬금없이 욕을 내뱉었고, 바크만이 화들짝 놀라며 반문했다.

"유, 유릭. 내가 뭐 잘못한 거 있어?"

"몰라, 술이나 마시러 가자. 연회장이 어디야?"

유릭이 바크만의 어깨를 툭툭 치며 말했다.

부유한 도시답게 연회의 규모는 컸다. 지금까지 유릭이 봐 온 연회 중에서도 최고였다.

연회장에는 도시의 유력인사들이 모여 있었다. 그들은 하비론드 백작의 덕과 공을 칭송하고, 치안대장 세튼의 용맹함을 치하했다.

뿌우우!

유릭과 다른 용병들이 연회장에 들어섰다. 하인 하나가 높게 나팔을 불며 유릭의 등장을 알렸다.

"'유릭의 형제들'이 들어갑니다."

귀족과 부호들이 용병들을 바라봤다.

"저기 용병들이 왔군."

유릭이 어기적어기적 걸어서 주변을 둘러봤다.

눈, 코, 귀, 무엇 하나 쉴 시간이 없었다. 유릭은 무엇 하나 놓치지 않았다. 이색적인 악기들의 소리, 낯선 향신료로 조리한 음식들, 달콤한 향기가 나는 여인들의 손짓, 눈이 돌아갈

만큼 빛나는 보석 장신구들.

"영주님, 용병들의 공을 치하하십쇼. 많은 역할을 했습니다."

치안대장 세튼이 하비론드 백작에게 속삭였다.

"의외로군. 자네는 야만인 용병을 쓰는 걸 싫어하지 않았나?"

"결국 영주님의 말이 맞았습니다. 용병들을 고용하지 않았다면 병사들이 더 죽었을 겁니다. 충분히 사례를 더 해도 될 정도입니다."

세튼이 순순히 인정했다. 하비론드 백작이 옅게 웃었다. 그는 세튼에게 자세한 이야기를 들었다.

"어서 오게, 용병대장! 자네의 공은 익히 들었지. 대단한 무용을 보여줬다고 하더군."

하비론드 백작이 유릭에게 다가왔다.

"좋은 연회야. 이토록 화려한 연회는 처음 봤어."

유릭이 감탄하며 말했다. 순수한 감탄에 하비론드 백작이 웃었다. 자신의 연회가 훌륭하다고 말해주는 사람을 싫어할 사람이 있으랴.

"거기 뭐 하는가! 용맹한 유릭에게 술을 따라 줘야지!"

하비론드 백작이 하인을 가리키며 말했다. 하인이 우아한 동작으로 유릭에게 청동 술잔을 내밀었다.

도시의 유력인사들이 유릭에게 말을 한 번씩 걸며 지나갔다. 유릭은 그들의 동작과 복장을 관찰하며 인사를 받았다.

'나도 이들처럼 될 수 있을까?'

문명인. 문명을 향유하고 누리는 자들. 그들이 쌓아온 것은 생존과 싸움의 기술만이 아니었다. 그들은 그 이상의 무언가를 추구하고 산다.

유릭의 형제들은 한 번 더 명성이 올라갔다. 많은 사람들이 용병단의 이름을 기억했다.

"후우."

유릭은 몸에서 술기운이 도는 걸 느꼈다. 그는 의자에 앉아서 천장을 바라봤다. 처음 보는 그림들이 어지럽게 널려 있었다. 태양 신화를 은유적으로 표현한 벽화라고 했다.

"루."

유릭이 중얼거렸다.

끼이익.

연회장의 문이 열렸다. 새로운 손님이 들어오고 있었다.

"오오."

귀족들이 감탄사를 터트렸다.

"루여."

몇몇은 울먹이듯 말했다.

유릭이 눈을 낮게 뜨며 입구를 쳐다봤다.

펄럭.

빈 소매가 보였다. 외팔이 성직자가 부축을 받으며 연회장으로 들어왔다.

"고트발."

느슨하게 의자에 기댔던 유릭이 상체를 앞으로 당겼다.

"오오, 고트발 수사님. 괜찮으십니까?"

하비론드 백작이 과장된 동작으로 고트발을 맞이했다. 고트발이 고개를 꾸벅 숙였다.

"열이 내렸습니다. 위기는 넘겼죠."

"루의 가호일 겁니다. 고트발 수사님은 아직 이 땅에서 할 일이 많다는 거지요."

"저도 루의 계시라고 생각합니다."

귀족과 부호들이 고트발을 바라보며 약식 기도를 했다. 다시 흥겨운 연주가 시작되고 귀족들이 술을 마셔댔다. 신의 이름을 외치며 연회를 즐겼다.

"네 신이 너를 데려가지 않았군."

유릭이 포도주를 마시며 고트발에게 말했다.

"아직 이 땅에서 제가 할 일이 있다는 의미겠죠."

고트발이 기도를 하려다가, 오른손이 없다는 걸 깨닫곤 쓰게 웃었다. 오른쪽 팔뚝 밑으로는 아무것도 없었다.

'루가 내 기도를 들어준 것인가.'

유릭이 조용히 고트발을 쳐다봤다.

고트발, 유릭이 처음 만난 태양교의 성직자. 그의 사고방식은 유릭이 이해하기 힘들었다.

"곧 떠나시겠군요."

"몸이 낫는 대로 떠나겠지."

"그간 글을 가르쳐 드리겠습니다. 왼손밖에 없지만요. 여기엔 책이 있으니 교본도 구해다 드리죠."

유릭이 고개를 끄덕였다. 그는 고트발이 자리를 뜨기 전에 취기가 돈 목소리로 말했다.

"세례를 받고 싶다."

고트발이 뻣뻣하게 고개를 돌려서 유릭을 쳐다봤다.

"다시 한번 말씀해 주시겠습니까? 유릭."

"네가 직접 내게 세례를 해줘."

고트발이 낮게 웃었다.

"루께서 저를 데려가지 않은 건, 제게 사명이 남아서인 게 분명했군요."

보름이 지났다. 유릭은 짧은 시간 동안 많은 걸 배웠다.

유릭은 태양사원의 욕조에 머리까지 담그고 있었다. 꽃잎을 둥둥 띄워서 향기가 나는 신기한 물이었다. 물속에서는 감각이 둔해진다. 물소리가 둔탁하게 들렸다.

촤악.

유릭이 목욕을 마치고 알몸으로 대리석 복도를 걸어갔다. 소년 수도사들이 수건을 들고 다가와 유릭의 몸을 닦았다.

웅성웅성.

세례 증인들이 대리석 복도 좌우에 있었다. 그들은 유릭을 기다리고 있었다.

"조용."

잡음이 멎었다. 복도 끝에는 붉은 옷을 입은 외팔이 성직자 고트발이 서 있었다.

'태양신 루.'

유릭은 고개를 들어 태양 조각상을 바라봤다. 루는 그저 태양일뿐이다.

'나는 왜 세례를 받는가?'

한 걸음 더 가까이 다가갔다.

'맹세 때문? 왜 그런 맹세를 한 거지?'

유릭이 고트발 앞까지 다가갔다.

딸깍.

사방에서 창문이 열렸다. 심지어 사원의 천장까지 열렸다. 정오인지라 태양 빛이 환하게 사원 내부로 쏟아졌다.

유릭이 빛의 중심에 서 있었다. 아직 물기가 남은 머리카락이 보석처럼 빛났다. 그가 무릎을 꿇자 근육들이 꿈틀거렸다. 조각조각 난 근육들 사이의 구분이 뚜렷했다. 그의 육체는 잘 깎은 조각상 같았다.

이 자리의 누구도 유릭이 야만인이라는 생각을 하지 못했다. 아름다운 신체를 가진 자가 성스럽게 보였다.

'나는.'

유릭은 아직도 방황했다. 그는 눈을 감았다가 떴다. 고트발이 그를 기다리고 있었다.

"루여, 길을 잃은 당신의 아들이 다시 그 품으로 돌아가고자 하오니, 자애를 담아 이자를 인도하소서……."

"인도하소서."

고트발이 말했다. 좌우로 서 있는 세례 증인들이 중간중간 말을 따라 했다. 그중에서는 바크만과 도노반 같은 용병들도 있었다. 스벤의 모습은 보이지 않았다.

'확신을 가지고 싶어.'

끝에 이르러서야 자신의 내면이 보였다.

'내가 죽은 뒤에 내 영혼이 떠돌지 않기를.'

유릭은 저번 전투에서 죽을 뻔했다. 죽음 자체가 두렵지는 않았다. 죽어서 어디로 갈지 모른다는 사실이 무서웠을 뿐.

유릭에겐 사후세계가 필요했다.

"······그대 영혼의 길잡이가 되리라."

기나긴 세례가 끝났다. 고트발이 두꺼운 책을 접었다.

유릭이 일어섰다. 젖은 몸이 태양 빛에 말라서 상쾌한 기분이 들었다. 다시 태어난 듯한 착각마저 들었다.

"이건 제 개인적으로 하는 말입니다, 유릭. 그대는 용맹한 전사입니다. 어쩌면 역사에 이름을 남길지도 모르지요. 하지만 이것만 기억해 주세요. 남을 사랑하고 자비를 베푸세요. 그럼 당신의 영혼은 더 강해질 겁니다."

고트발이 세례가 끝난 유릭의 귓가에 속삭였다.

"어려운 주문이로군, 성직자 양반."

유릭이 이를 드러내며 웃었다.

Chapter 3

대륙 동쪽 끝에는 해안선을 따라 포를카나 왕국이 있다. 모든 왕국이 그렇듯이 포를카나 역시 제국의 속국이다.

"바… 다?"

유릭이 눈을 크게 떴다. 그가 언덕을 넘자마자 주저앉았다. 그는 한참 전부터 느꼈던 바닷바람과 비릿한 냄새의 정체를 바라봤다.

끼룩, 끼룩.

갈매기들이 울어댔다. 유릭은 멍하니 수평선을 응시했다.

"촌뜨기, 그만 일어나."

바크만이 콧잔등을 쓱쓱 문지르며 말했다. 드디어 유릭에게 바다를 보여줬다.

"오오, 오랜만에 바다로군. 얼마 만에 보는 거지?"

스벤도 크게 숨을 들이마시며 바다 냄새를 맡았다. 북부인들은 해안가를 위주로 터를 잡고 살기에 바다 사내가 많았다.

"이, 이게 바다라는 거냐?"

유릭의 넋이 나갔다.

'정말로 물이 평야만큼 끝없이 차올라 있어.'

경이로우면서도 두려웠다.

"내려가자고. 바닷물고기는 구워 먹으면 꽤 맛있어. 내가 쏘지."

바크만이 유릭을 일으켜 세웠다. 그는 유릭의 목에 흔들리는 태양 펜던트를 바라봤다.

'이제 유릭은 태양교의 신자야.'

바크만과 다른 용병들에게는 중요한 변화였다. 그들의 대장이 같은 종교를 믿는 것만으로도 큰 동질감과 안도감을 느꼈다.

'대장이 이교도라서 루의 미움을 받을까 걱정하지 않아도 돼.'

세례를 받고 나서 두 달이 지났다. 그간 의뢰를 세 차례 정도 더 맡았고 용병단은 동쪽으로 계속 이동했다.

"하늘산맥 밑자락에 있는 도시 앙카라부터 동쪽 해안까지라니. 올해도 대륙을 횡단했군."

바크만이 말했다. 호루스 검투단 시절에는 매년 도시들을 옮겨 다니며 대륙을 횡단했었다.

철컹.

용병들은 저마다 묵직한 짐을 메고 있었다. 그들이 움직일 때마다 쇳소리가 났다.

"병사?"

도시 외곽에 나온 사람들이 용병단을 보며 깜짝 놀라 했다. 유릭의 용병단 인원은 46명. 어지간한 분쟁이나 전투를 수행하기에는 충분한 병력이었다. 마음만 먹으면 마을 하나쯤은 우습게 약탈한다.

"근데 이런 곳에 도시를 건설하다니 겁나지도 않아? 비가 올 때마다 바다가 넘쳐서 도시가 잠기면 어떡해?"

유릭이 말하자마자, 용병들이 배를 잡고 웃었다.

"우리 대장, 걱정 한번 죽이네. 비 때문에 바다가 넘쳐?"

"뭐, 태풍 때문에 해일은 있지만. 바다가 넘쳐서 잠기는 일은 없지."

머쓱해진 유릭이 일어서며 바다 냄새를 맡았다. 생전 처음 맡아보는 냄새였다. 뭐라 비유할 방법조차 없었다.

'그저 바다 냄새지. 산맥 너머의 형제들은 한 번도 보지 못한 바다.'

철컹.

용병들이 움직이자 짐짝이 들썩였다. 유릭의 형제들은

전투력이 많이 올라갔다. 장비 수준은 어지간한 상비군 수준으로 올라갔으며, 노련한 용병들이 소문을 듣고 합류하기도 했다.

'스벤과 북부인도 있어.'

스벤은 자신의 몫으로 배당된 돈을 모아서, 동족들을 해방하는 데 썼다. 그가 해방한 북부인은 지금까지 세 명이었고, 스벤을 포함한 네 명의 북부인이 용병단에 있었다.

"정지!"

도시의 성문에서 병사들이 용병단의 앞을 가로막았다.

경비대장이 안에서 나오며 유릭과 용병단을 바라봤다.

"무슨 일로 오셨소?"

"우린 용병이야. 일거리를 찾아왔지."

"하? 우리 카라칸은 해안도시인데 무슨 용병이 일거리를 찾으러 오는 거요."

경비대장이 웃었다. 해안도시에는 그다지 용병들의 일거리가 없다.

용병단이 해안도시에 온 것도 순전히 유릭의 욕심 때문이었다. 바다를 보고 싶다는 일념 하나로 여기까지 왔다. 다른 용병들이 일거리가 드문 도시까지 따라올 정도로 유릭은 용병단 내부에서 확고한 지지를 얻고 있었다.

"도시 출입은 한 번에 열 명씩. 야영지는 성벽 바깥에 있는 언덕 아래에서 하면 되오. 우리가 항상 당신들을 지켜보고 있을 거요."

경비대장이 말했다. 카라칸은 대도시가 아니기에 사십 명이 넘는 용병단을 한 번에 들여보내지 않았다.

"제길. 도시 코앞까지 와서 야영이라고? 하여튼 소도시들은 안 된다니까."

"어쩌겠냐. 유릭이 바다를 꼭 보고 싶다고 하는데."

"근데 나도 바다는 지금까지 한 번도 본 적이 없는걸."

"뭐야, 너도 대장처럼 촌뜨기였냐?"

용병들이 뒤에서 투덜거렸다. 그 대화를 들은 경비대장이 대충 상황을 짐작했다.

'관광차 온 거로군.'

관광은 포를카나 왕국의 큰 사업이다. 포를카나는 휴양지로도 유명해서 해마다 여름이면 많은 귀족들이 찾아왔다.

"용병단 이름은 있소? 이름을 말하면 내가 명부에 적어놓겠소."

경비대장은 당연히 유릭이 글을 모를 거라 생각하며 자기가 깃펜을 잡았다. 옷 대신에 모피를 대충 걸친 유릭은 누가 봐도 무식한 전사였다.

"아니, 내가 직접 작성하지."

쓱.

유릭이 경비대장의 깃펜을 잡더니 빼냈다. 그가 글자를 명부에 적었다. 아이처럼 어설픈 글씨였지만 누구나 알아볼 수 있는 또박또박한 정자였다.

"유릭의 형제들?"

경비대장이 그제야 유릭이라는 이름을 떠올렸다. 가끔 떠돌이 음유시인들이 신곡이라며 그 노래를 부르는 걸 들었었다.

"우리를 알아?"

유릭이 글자를 다 쓰곤 뿌듯하다는 듯이 웃었다. 용병단 이름을 쓸 줄 알게 된 자신이 자랑스러웠다.

"음유시인들이 노래를 부르는 걸 들었지. 처음이 이렇게 시작하던가? 크흠, 흠. 위기에 빠진 몰란도 영지! 강대한 적들!"

경비대장이 목소리를 가다듬더니 유쾌하게 외쳤다. 장난기 넘치는 용병들이 그 뒤에서 따라 불렀다.

"홀연히 나타난 용맹무쌍한 24명의 용병들! 호우!"

"100명의 은사자 용병단과 맞서 두려움 없이 앞으로 나아갔네에에에에!"

용병들이 무릎과 배를 쳤다. 그들이 노래를 부르며 웃었다.

"한때, 음유시인을 꿈꾼 적이 있었소. 용병단의 숫자가 많이 늘었군. 24명이라고 들었는데. 어쨌든 안에서 사고를 치지 마시오."

경비대장이 출입을 허가했다.

용병들은 가위바위보를 해서 먼저 도시로 들어갈 10명을 뽑았다.

"하하, 세례받은 이후부터 운발이 좋다니까. 신은 믿고 볼 일이야."

가위바위보에서 이긴 유릭이 말했다. 그를 비롯해 10명의 용병이 먼저 도시로 들어갔고, 나머지 용병들은 야영을 준비했다.

용병들은 가장 먼저 사창가를 찾아 달려 나갔다. 여자를 보지 못한 지 보름은 넘었기에 상당히 굶주린 상태였다. 용병들은 목숨을 걸고 번 돈의 태반을 계집질에 탕진했다.

"이게 바다로군."

유릭이 항구 쪽으로 걸어갔다. 낯선 비린내가 났다.

저벅, 저벅.

해안을 따라 걸었다. 항구를 지나서 모래사장이 나왔다.

사르르르.

모래가 손가락 사이로 흘러내렸다. 유릭은 떨어지는 모래 알갱이를 바라봤다.

"꺄하하하."

첨벙!

아이들이 물속과 모래사장을 오가며 놀고 있었다. 유릭은 다시 한번 수평선을 바라봤다.

"대지가 없는 바다라는 게 진짜 존재하는군. 역시 바크만이 거짓말을 한 게 아니었어."

반신반의했던 걸 직접 봤다. 바다라는 걸 몇 번이나 들어도 쉽사리 상상이 가지 않았다.

'딱 한 번 보는 거면 충분해. 말로 백 번, 천 번을 설명해도 의미가 없어.'

주먹에 힘이 절로 들어갔다. 그의 눈동자는 수평선을 좇고 있었다.

지금 유릭에게 여자를 안는 건 따윈 안중에도 없었다. 그는 무한한 바다를 보며 가슴의 울분이 터져 나오는 걸 느꼈다.

"오, 오오오오오! 와아아아아아아—!"

유릭의 얼굴에 핏줄이 돌았다. 그가 근육을 짜내듯 힘껏 외쳤다. 모래사장에서 놀던 아이들이 화들짝 놀라며 유릭을 쳐다봤다.

"뭐, 뭐야. 저 미친놈은."

지나가던 사람들도 유릭을 쳐다보며 웅성거렸다.

"바다는 멋지군."

유릭이 팔을 펼치며 말했다. 아무리 팔을 펼쳐도 품 안에 들어오지 않았다.

'하늘, 땅, 바다.'

이 모두가 인간의 품에 넣을 수 없는 존재들이다. 그 끝은 인간이 가늠하지도 못한다.

"하하."

소리를 한바탕 질렀더니 목이 말랐다. 유릭은 바다에 발을 담그며 고개를 숙였다.

'물이니까 마셔도 되겠지?'

아이들이 물속에서 노는 걸 보니 깨끗한 물인 듯했다.

유릭이 손을 오므려서 물을 담아 마셨다.

꿀꺽.

한 모금 넘기는 순간, 유릭이 구역질을 해댔다.

"우엑, 이게 뭐야. 짜잖아. 맛이 아주……."

유릭이 혀를 내두르며 인상을 찌푸렸다.

"와하핫."

맑은 목소리가 유릭의 등 뒤에서 들렸다.

말끔하게 차려입은 청년이 웃고 있었다. 아직 소년 특유의 앳된 티가 얼굴에 남아 있다. 그는 유릭의 포효를 듣고 바닷물을 마시는 것까지 다 보고 있었다.

"바닷물은 마시지 못해. 그것도 몰라? 어디서 온 거야? 복장을 보니 멀리서 온 것 같은데? 포를카나에서 모피를 두르고 다니는 사람은 없어."

청년이 연거푸 말했다. 청년의 눈동자에는 푸른색이 짙어서 두드러졌다. 눈동자 대신에 보석이 박혀 있는 것 같았다.

"닥쳐. 한 대 얻어맞고 싶냐?"

유릭이 더러워진 기분을 풀어내듯 폭언을 내뱉었다. 청년이 움찔했다.

"하기야, 넌 내가 누군지 모르니까. 하지만 말조심해. 난 신분이 높은 사람이다."

청년은 태연한 척 자존심을 내세웠다.

"여기서 바다에 빠져 죽으면 네가 신분이 높은지 낮은지 누가 알까?"

유릭이 성큼성큼 걸어가더니 청년의 멱살을 잡았다.

"노, 놓아라! 감히 내가 누군지 알고!"

"감히 어쩌고 하면서 내 앞에 지껄이고 뼈마디 멀쩡하게 돌아간 놈은 없어."

유릭이 청년을 바다에 내던졌다. 비록 청년이 호리호리한 체격이라지만, 사람 하나를 한 손으로 집어 던지는 건 쉬이 볼 수 없는 괴력이었다.

첨벙!

청년이 물에 빠져 얼빠진 표정을 지었다. 곧 그가 빨갛게 달아오른 얼굴로 화를 냈다.

"이 자식이!"

청년이 허리춤에서 길지 않은 칼을 꺼냈다. 팔뚝 길이의 호신용 칼이었다.

"뭐야? 계집애나 쓸 것 같은 칼이나 뽑고."

유릭이 천천히 등 뒤로 손을 뻗었다.

키이이잉!

제국강철검이 섬뜩한 소리를 내며 뽑혔다. 청년의 호신용
칼 따위와는 위압감이 달랐다.

"진짜 칼은 이런 걸 보고 말하는 거다."

유릭의 칼은 진짜 사람을 베며 피를 먹어온 살인검이다. 칼
날에는 실전의 흔적이 아로새겨져 있다.

"아, 아."

청년은 압도당했다. 신분의 고귀함조차 죽음 앞에서는 공
평했다.

'루께서는 인간세계의 높은 자와 낮은 자를 가리지 않는다.'

청년의 머릿속에는 그 말이 순간 떠올랐다.

"지금 무슨 짓을 하는 건가!"

멀리서 중년 사내가 외쳤다. 그는 몹시 노한 얼굴로 유릭에
게 달려들었다.

캉!

중년 사내의 칼이 유릭의 목을 노렸다. 유릭이 가볍게 칼날
을 들어서 방어했다.

카캉!

연달아 칼이 마주쳤다. 유릭이 중년 사내를 노려봤다.

"이 꼬맹이 보호자인가? 관리 좀 잘하라고."

유릭이 입술을 비틀며 말했다.

"어디서 굴러먹다 왔는지 모를 비렁뱅이가!"

중년 사내가 여전히 노발대발했다.

'하아, 한심하군.'

유릭은 몇 번이나 중년 사내를 죽일 기회가 있었다.

'살인은 큰 사고지.'

옛날의 유릭 같았으면 벌써 중년 사내와 청년을 둘 다 베어 버리고 갈 길을 갔겠지만, 이제는 문명사회에 대한 요령을 어느 정도 터득했다.

"경비대장이……."

유릭이 중년 사내의 정강이를 걷어찼다. 중년 사내가 턱부터 땅바닥에 닿으며 넘어졌다.

"…사고 치지 말라고만 안 했으면 벌써 넌 뒈졌어."

유릭이 넘어진 중년 사내의 목덜미에 칼을 겨눴다가 회수했다.

"이노노오옴! 천벌을 받을 것이다! 이분의 몸에 손을 대다니! 아이고, 도련님!"

중년 사내는 패배했으면서도 여전히 입만 살아 떠들었다. 그가 청년에게 달려가 부축했다.

"문명인이란…… 참나."

유릭은 칼을 집어넣으며 혀를 내둘렀다.

중년 사내는 유릭이 보이지 않을 때까지 온갖 욕을 내뱉었다. 단단히 화가 난 모양이었다.

"웃차, 나도 이제 가 볼까나."

유릭이 길가는 사람들에게 사창가를 물어 찾아갔다. 이미 용병 몇 명이 볼일을 마치고 나오고 있었다.

"여어, 대장. 이곳 여자들도 제법 맛있어. 물고기 비린내가 좀 나긴 하지만. 하핫."

"가서 교대나 해. 거시기 바짝 세우고 기다리는 놈들 천지일 테니까."

유릭이 용병들과 주먹을 맞대며 인사하고는 사창가로 들어갔다. 유릭도 성욕을 잔뜩 푼 뒤 해가 질 무렵에서야 야영지로 돌아갔다.

"오늘 저녁은 뭔데?"

유릭이 용병 야영지로 들어서며 말했다.

"그보다 안으로 들어가 봐. 일거리가 들어왔어."

야영지 경계를 서던 용병이 말했다. 유릭이 어깨를 으쓱했다.

"벌써 일거리가 또 들어온 거냐."

유릭이 천막 안으로 들어섰다. 바크만과 도노반이 의뢰인과 이야기하고 있었다.

"어라?"

"네, 네놈은!"

유릭과 의뢰인이 서로를 보곤 눈을 크게 떴다.

의뢰인은 모래사장에서 유릭에게 죽을 뻔했던 중년 사내였다. 그가 부들부들 떨면서 유릭을 바라봤다.

"워, 워. 진정해. 내가 바로 유릭이다. '유릭의 형제들' 용병단의 대장이지."

유릭이 터져 나오는 웃음을 참지 못했다. 그가 실실 웃으며 자리에 앉았다.

"네, 네가, 아니, 자네가 크흠. 흠."

중년 사내가 억지로 화를 누르고 있었다. 유릭은 그 모습이 웃겨서 무릎을 탁탁 쳤다.

"아까 일은 그냥 넘어가자고. 그건 개인적인 일이었잖아, 안 그래? 그런데 아까 그 도련님은 같이 안 온 거야?"

"후우, 기껏 용병들을 만났나 싶었더니."

중년 사내가 잠시 천장을 바라봤다. 그는 탄식하며 유릭과 용병들을 쳐다봤다.

"자기소개부터 하시지, 의뢰인 양반. 내가 마음에 들지 않으면 돌아가시든가. 급한 사람은 그쪽인 것 같은데?"

유릭이 팔짱을 끼며 말했다. 그 태도에 중년 사내가 다시 한

번 입술을 파르르 떨었다.

"내 이름은 쿠바 필리온. 필리온 경이라 부르면 되네, '경'."

필리온이 경을 강조하며 말했다.

"경은 무슨. 필리온 아저씨."

유릭이 말하자마자 폭소가 여기저기서 튀어나왔다.

모욕을 당한 필리온은 당장이라도 자리를 박차고 나가고 싶었다.

'안 돼. 그분을 위해서라면 어떤 모욕이라도 내가 참아야 해.'

필리온이 분을 삭이며 눈을 부릅떴다.

"내가 모시는 분을 제국의 수도 '하멜'까지 호위해 주게."

용병들이 웅성거렸다.

"우린 말이 없어. 도보로 걷는다고. 석 달은 넘게 걸려. 일이 꼬이면 반년도 걸리지."

바크만이 이맛살을 찌푸렸다.

"말을 탈 필요도 없네. 우리를 자네들 용병단에 넣어서 아무도 모르게 움직이면 되네. 자연스럽게 말이지."

필리온이 용병들을 노려봤다. 그의 눈동자는 강렬했다.

'이건 기회다. 이들은 놓쳐선 안 돼.'

필리온도 '유릭의 형제들'이란 노래를 안다. 노래가 돌아다닐 정도면 어느 정도 실력을 갖춘 용병이란 소리다.

'분하지만 용병대장 유릭이 나를 어린애 다루듯 제압했지. 실력은 확실해.'

필리온에게는 자존심보다 중요한 게 있었다.

"경비가 들어도 보통 드는 일이 아닌걸? 선금은 충분히 지급할 수 있겠어?"

유릭이 다른 용병들과 수군거리다가 필리온에게 말했다.

"충분하다 못해 남을 걸세."

필리온이 주머니 하나를 탁자에 내밀었다. 주먹만 한 주머니였다.

"장난해? 이 정도 금화로는 선금은커녕 한 달 치 경비도……."

도노반이 으름장을 놓다가 입을 다물었다. 다른 용병들도 눈을 깜빡였다.

"금화가 아니라 진주라네."

용병들 사이에서 침묵이 흘렀다. 분위기 파악을 못 한 사람은 유릭뿐이었다.

"이게 뭔데? 비싼 거야?"

유릭이 진주 하나를 꺼내며 말했다. 영롱한 빛이 유릭의 눈길을 끌었다. 유릭이 혀를 내밀며 맛을 보려고 했으나 바크만이 제지했다.

"조심해, 유릭. 그 정도 크기면 하나가 1,000만 씰이 넘어. 바다의 보석이지."

어부 출신인 바크만은 진주의 가치에 대해 가장 잘 알았다. 다른 용병들도 대충 진주가 어떤 물건인지 정도는 안다.

"금화 주머니가 아니라 보석 주머니를 가지고 오셨군."

유릭이 진주를 다시 넣었다. 그는 용병들을 바라봤다. 다들 표정이 딱딱했다.

"우린 잠시 회의 좀 하겠소, 필리온 경."

도노반이 필리온을 바깥으로 안내하며 말했다. 필리온이 나가기 전에 불안한 얼굴로 말했다.

"용병에게서 가장 중요한 건 신의성실이네."

용병들은 대답하지 않았다. 필리온이 천막 바깥으로 나섰다.

"유릭, 이건 큰 건이다. 보통 일이 아니야."

도노반이 천막 안으로 다시 들어오며 말했다. 지금 이 자리에서 세상물정에 가장 어두운 사람은 유릭이었다.

"방금 들고 온 진주도 어림잡아 억이 넘어. 이번 일에는 적어도 몇억 씩은 오갈 거야."

바크만이 턱을 괴며 말했다.

"그럼 좋은 거 아니야? 왜 다들 쫄고 그래?"

유릭이 용병들을 번갈아 봤다.

"보수가 높다는 건 그만큼 위험하다는 거야. 단순히 싸우는 게 문제가 아니라, 개입된 사람이 많다는 거다. 마지막에 필리온이 하는 말 들었지? 신의성실을 강조했어. 새어 나가면 안 되는 일이라는 거지."

바크만이 차분히 설명했다.

"높으신 나리들이 많이 얽혀 있는 일이라면 피하는 게 좋네, 유릭. 나야 상관은 없지만 용병단에는 창창한 청년들이 많지 않은가."

스벤이 턱수염을 매만졌다. 그가 근심이 있을 때 하는 행동이었다.

"도노반, 네 생각은?"

도노반이 탁자를 내려쳤다.

쿵!

"이번만큼은 인정하기 싫지만 유릭의 말이 맞아. 뭘 쫄고 그래? 이 양반들아. 어차피 목숨 팔아 전전하는 게 검투사고 용병이다. 작게 여러 번 일해서 돈을 버나, 큰 거 한탕 치나 다를 건 없어. 아니면 평생 푼돈 벌어가며 살 거야? 엉?"

도노반이 짜증을 냈다. 바크만이 어깨를 으쓱하며 스벤을 쳐다봤다. 그걸 본 도노반이 연이어 말했다.

"바크만, 넌 눈치 좀 그만 살펴. 검투단 시절이나 지금이나 다를 바 없군. 언제나 책임지기 싫어서 다른 사람 등 뒤에 숨어만 다니지. 차라리 이 자리에서 거세해 버리는 게 어때?"

도노반이 바크만을 비난했다. 바크만이 눈을 가늘게 뜨며 서늘하게 웃었다.

"너야말로 유릭에게 대장 자리를 뺏긴 이후로 이빨 빠진 호랑이 신세가 아니었나? 으름장을 놓아봤자 하나도 무섭지 않거든. 옛날 옛적 간판 검투사 씨."

바크만도 맞서며 말했다.

'골치 아프군.'

유릭이 두 사람을 번갈아 바라봤다. 오히려 용병단 생활을 하면서 유릭과 도노반의 사이는 나름 좋아졌다. 적어도 옛날만큼 적대하진 않았다.

'하지만 바크만과 도노반의 사이는 최악이지.'

애초에 바크만이 계획해서 도노반의 적대자로 유릭을 내세웠었다.

바크만과 도노반의 갈등은 나날이 깊어졌다.

"유릭, 말만 해라. 이 싸가지 없는 두 놈의 목을 당장 잘라서 돼지우리에 던져 버릴 테니까."

스벤이 껄껄 웃으며 말했다. 진담인지 농담인지 아리송한 말이었다.

"둘이서 머리통 걸고 결투하든 말든 내 알 바는 아닌데, 일단은 정 결정을 못 하겠으면……."

유릭이 고개를 기울이며 턱을 괴었다. 그가 손가락을 튕겼다.

"전통대로 가자고, 형제들을 모아."

의견이 좁혀지지 않으면 다수결. '유릭의 형제들'의 전통이다. 지휘 체계는 있을지라도 형제들은 모두 대등한 관계다. 용병대장이든 신입이든 똑같은 한 표를 행사한다.

"다들 모여. 투표한다."

용병들이 서로서로 말을 전달했다. 그들은 야영지 중간에 모였다.

유릭은 지금 상황을 용병들에게 더하거나 빼는 것도 없이 설명했다. 용병들이 서로 웅성거리며 의견을 나눴다.

'껄끄러운 일이지만 보수가 좋다.'

얼마나 위험한 일인지는 아무도 모른다. 어쩌면 생각보다 쉽게 끝날지도 모른다. 유랑하듯 제국 수도에 도착해서 보수를 받을 수도 있다.

척.

용병들이 하나둘씩 손들었다. 순식간에 찬성이 과반수를 넘어섰다.

"사실 결과가 정해져 있는 투표지. 용병이 돈을 많이 준다는데 왜 가지 않겠어?"

도노반이 나직이 말했다.

용병들은 돈을 좇는 자들이다. 돈 때문에 사람을 죽인다. 그들이 도적과 다른 점은 신의성실 원칙을 지킨다는 것. 신의

성실을 어기는 용병은 도적과 다를 바 없다.

유릭의 형제들은 의뢰를 맡기로 했다. 그들은 필리온과 협상을 이어갔다.

"자네들이 지켜야 할 사람은 파헬 도련님이시다. 엘크리샤 가문의 삼남이지. 엘크리샤 가문은 진주 공예로 부를 쌓은⋯⋯."

"가문 따위는 어차피 말해도 몰라. 왜 호위가 필요한지나 말해. 이번 일은 우리 유릭의 형제들이 맡는다. 신뢰를 위반하지 않아. 만약 우리가 감당하기 힘들다고 판단해서 물러나더라도 입 뻥긋하지 않겠어. 루의 이름에 대고 맹세하지."

유릭이 말했다. 그의 얼굴에서 장난기가 사라졌다.

"루의 이름이라고?"

필리온이 의아한 얼굴로 유릭을 바라봤다. '야만인 유릭', 노래 가사에 나왔던 내용이다. 야만인은 곧 이교도를 뜻한다.

"나도 태양교의 신자라고. 믿어도 돼."

유릭이 태양 펜던트를 흔들었다.

필리온이 잠시 기도하며 안도했다. 협상 상대가 이교도가 아닌 같은 종교라는 것만으로 마음이 어느 정도 놓였다.

"그렇군. 세례를 받은 건가⋯⋯. 파헬 도련님이 쫓기는 까닭은 유산 분배 때문이다. 삼남이지만 돌아가신 주군께서는 파헬 도련님에게 재산의 대부분을 상속시켰지. 그게 다른 도련님들의 심기를 거슬렀어. 그분들은 병사를 이끌고 엘크리샤 가문의 저택을 점거하고, 파헬 도련님을 잡으려고 했네. 가문의 가신들도 대부분 파헬 도련님에게 등을 돌렸어. 유서도 조작해서 왕실에 올렸지."

"그래서 이렇게 도망 나온 거로군. 제국 수도까지 가면 뾰족한 수라도 생기나?"

"파헬 도련님의 친모는 두 번째 안주인 사리안느 님이시다. 다른 형제들은 첫 번째 안주인 님의 자식들이고, 파헬 도련님과는 이복형제인 셈이지."

유릭은 슬슬 머리가 아팠다. 그가 이맛살을 찌푸렸다.

"뭐가 그렇게 복잡해?"

"원래 귀족들이 다 그래. 일단 이야기나 계속 들어보자고."

필리온이 용병들의 눈치를 살피다가 이야기를 계속했다.

"파헬 도련님의 친모인 사리안느 님의 오라버니가 제국강철 기사단 중 하나다. 그분의 도움을 받아 정식으로 전쟁을 시작할 생각이네. 조카의 정당한 권리를 위해서 힘을 빌려주시겠지."

"결국 상속 분쟁이라는 거로군. 귀족들이란 항상 그래. 밑에 사람들이 죽어가든 말든 신경도 안 쓰지."

바크만이 옆에서 말했다. 그는 귀족에게 착취당해 고향을 뛰쳐나온 사람이다.

귀족의 집안싸움이 일어나면 착취당하는 건 영지민들이다. 영지민들은 누가 영주가 되든 삶이 크게 바뀌지 않는다.

"바크만, 입 다물어."

유릭이 말하자, 바크만이 혀를 차며 입을 다물었다.

"원래는 여기서 미리 준비해 둔 배를 타고 포를카나 왕국을 완전히 벗어나려고 했지만 배가 오지 않았네. 연락이 닿지 않았든가, 무슨 일이 있는 거겠지. 그런 와중에 마침 용병단이 여기에 있다는 소식을 듣고 온 걸세. 차라리 육로로 가는 게 낫다고 생각했지."

모든 이야기를 들은 유릭이 다른 용병들을 쳐다봤다. 그들이 고개를 끄덕였다. 별다른 문제가 없다고 생각했다.

"보수는?"

용병들이 가장 궁금해하는 거였다. 선금이 어느 정도인지는 이미 봤다.

대충 계산해 봐도 진주들의 가치는 1억 씰이 넘었다. 거금이지만 거리와 기간을 생각하면 큰돈은 아니었다.

"선금의 세 배. 석 달을 기점으로 한 달이 늘어날 때마다 진주 주머니를 하나씩 추가하지."

용병들의 입가에서 웃음이 번졌다. 액수만 들으면 엄청난 돈이었다.

"바크만, 내가 숫자에 좀 약해서 그런데 계산 좀 해줘."

유릭이 손바닥을 들며 말했다.

"석 달로 계산하면 똑같은 진주 주머니라고 고려할 때 합쳐서 4, 5억 씰 정도 받겠지. 우리 형제들 숫자로 분배해 보면……."

바크만의 표정은 그다지 밝지 않았다. 그가 손가락을 접었다 펴길 반복했다.

"보수에 경비까지 포함이라는 걸 생각해 보면 기껏해야 한 사람당 1,000만 씰이다. 석 달 빡시게 일하고 1,000만 씰! 이게 말이 돼? 엉?"

바크만이 손을 위로 들면서 용병들의 호응을 끌어냈다.

"우우우우! 말도 안 되지! 그건!"

"석 달 일하고 1,000만 씰? 꺼져!"

바크만이 귀를 기울이는 척하다가 필리온을 쳐다봤다.

"들었습니까? 필리온 경. 그거론 택도 없어요."

필리온의 얼굴에 주름이 깊어졌다.

"위험수당을 추가하지. 전… 투가 일어날 때마다 진주 주머니 하나씩 얹어주겠네."

"위험수당은 전투가 끝날 때마다 즉시 지불."

유릭이 말을 자르며 말했다.

"그렇게 진주를 당장 많이 가지고 있진 않네."

필리온은 어느새 협상의 주도권을 뺏긴 약자가 되었다. 그는 유릭의 말에 질질 끌려다녔다.

"그럼 루의 이름을 대고 맹세해. 맹세를 어기면 이승을 떠도는 귀신이 되겠다고. 신의성실은 용병에게만 적용되는 게 아니야. 고용주에게도 적용되는 거지."

"루의 이름에 대고 맹세하지. 계약은 어기지 않을 걸세. 신의성실을 위반한다면 나 쿠바 필리온은 죽어서도 이승을 떠도는 귀신이 되는 형벌을 기꺼이 받아들이지."

필리온이 유릭의 태양 펜던트에 대고 기도하며 맹세했다.

"좋아, 필리온 아저씨. 내일 점심까지 도련님을 모셔오라고."

유릭이 얼굴을 풀며 말했다. 필리온이 지친 얼굴로 용병의 야영지를 벗어났다.

한참이나 야영지에서 걸어 나온 필리온이 하늘을 바라봤다. 별이 반짝이고 있었다.

"어쨌든 다행이로군. 도련님을 모시고 갈 사람들을 구했어."

충성스러운 기사의 뒷모습이 피로에 찌들어 비틀거렸다. 그는 이번 일에 목숨을 걸었다.

유릭은 언덕에 앉아서 도시와 바다를 보고 있었다. 그의 뒤에서는 용병들이 철수 준비를 하느라 여기저기를 오가고 있었다.

'세계의 끝.'

사람들은 세계의 끝이라는 절벽이 바다 끄트머리에 있을 거라 말했다.

유릭은 오늘 아침 낚싯배를 타고 나갔다가 돌아왔었다.

"정말로 넓고도 컸지. 가도 가도 끝이 도무지 보이지 않았어."

그저 유릭은 세계의 끝이라는 걸 두 눈으로 보고 싶었을 뿐이었다. 그는 뱃사공에게 세계의 끝까지 가달라고 부탁했으나.

"세계의 끝? 이런 배로는 어림도 없죠, 하핫. 손님께선 어지간히도 내륙에서 왔나 보구려."

…라고 뱃사공이 유릭의 부탁을 비웃었다. 유릭은 돌아오는 동안 뱃사공을 배 밖으로 던질까 말까를 열 번 정도 고민했었다.

유릭은 약속대로 점심까지 용병 야영지에 돌아와 고용주를 기다렸다. 하지만 마음만큼은 수평선을 달리고 있었다.

"왔군. 다들 준비해. 우리 고용주께서 오신다!"

유릭이 도시의 뒷길로 빠져나오는 한 무리를 보며 말했다. 그는 한참 떨어진 곳에서도 사람의 얼굴을 구분했다.

"필리온 경, 제정신입니까? 이런 지저분한 용병들과 함께 제국 수도까지 가라고요?"

용병 야영지에 도착한 파헬이 푸른 눈동자를 찌푸리며 방방 날뛰었다. 그 옆에는 필리온과 호위기사 세 명이 있었다.

"진정하십쇼, 도련님. 예정된 배가 오지 않았습니다. 만약 정보가 새어 나갔다면 해로는 위험해요. 예상치 못한 용병을 통한 육로라면……."

"육로? 육로라니! 저보고 걸어 다니란 말입니까?"

파헬이 경악하며 외쳤다.

"그럴 리가요. 말은 준비했습니다. 지금쯤 르핀 경이 말을 사서 올 겁니다."

필리온이 어떻게든 파헬을 달래며 말했다. 파헬은 그게 마음에 들지 않는지 팔짱을 끼며 인상을 찌푸렸다.

"필리온 경, 나는……."

"알고 있습니다, 도련님. 알고 있다마다요. 조금만 이런 굴욕을 참으십쇼. 곧 빛을 볼 때가 올 겁니다."

필리온이 애걸복걸했다. 파헬은 편두통이 생긴 듯이 머리를 매만지다 고개를 끄덕였다.

"필리온 경을 믿고 있으니 이번 일은 군말 없이 따르겠습니다."

"감사합니다, 도련님."

필리온과 파헬의 대화를 유릭과 용병들이 지켜보고 있었다.

"쟤들 뭐 하는 거냐?"

유릭이 어처구니가 없어서 용병들에게 물어보듯 말했다.

"이해해. 귀족 도련님이잖아. 우리와 사는 세계가 달라."

바크만이 습관적으로 어깨를 으쓱했다.

"혼자 숲에 던져 놓으면 하루도 못 버티고 뒈질 놈이군. 저런 놈도 불알 달린 남자랍시고 계집애들을 안으려나?"

유릭이 피식 웃으며 말했다.

"혹시 알아? 계집애가 아니라 남자를 좋아할지. 조심하라고, 유릭."

바크만이 창대로 유릭의 엉덩이를 툭툭 두드리며 말했다.

"우웩, 듣기만 해도 역겹네. 꺼져, 새꺄."

유릭이 바크만의 가슴을 밀치며 웃었다.

용병들은 도시에서 보급을 마쳤다. 그들은 야영지를 정리하며 떠날 준비를 했다. 도노반이 지도를 펼치며 방향을 정했다.

따각, 따각.

호위기사가 갈색 말을 이끌고 용병단에 합류했다. 파헬이 타고 다닐 말이었다.

"이건 백마가 아니잖아. 하다못해 갈기도 지저분하고."

파헬이 말을 보자마자 투덜거렸다.

"죄송합니다, 도련님. 급하게 구하느라……."

말을 구해온 호위기사가 고개를 숙였다.

"어쩔 수 없지."

파헬이 날렵하게 말에 올라탔다. 승마를 한두 번 해본 솜씨가 아니었다. 그는 능숙하게 말을 길들이며 주변을 한 바퀴 돌았다.

"서둘러 주시게, 용병대장."

필리온이 용병들을 재촉했다. 그는 한시라도 빨리 포를카나 왕국을 벗어나고 싶었다.

용병들은 야영지 해체를 거의 끝냈다. 인원을 확인하며 떠날 준비를 했다.

"유릭, 경비대가 오고 있어."

말을 탄 병사들이 도시에서 나와 용병단 가까이 접근했다. 그들은 다소 떨어진 거리에서 말을 걸었다.

"'유릭의 형제들'이 이제 떠나는 거요?"

경비대장이 목청 좋게 말했다.

"여기 더 있어봤자 별일은 없을 것 같으니 떠날 거야. 우리가 무슨 사고를 일으키진 않았을 텐데? 오히려 돈을 팍팍 쓰고 갔다고."

유릭이 대답했다. 경비대장은 잠깐 웃다가 용병들의 숫자
를 셌다.

"으흠, 용병대장 유릭. 하나 물어봐도 되겠소?"

"물론이지."

"여기에 올 때는 46명이었는데, 지금은 50명이 넘는군."

"도시에서 새로운 신입을 받았어. 뭐 잘못된 거라도 있나?"

"출입 명부가 좀 맞지 않아서 말이오. 조금 귀찮을지라도
한 명씩 신원 확인을 해도 괜찮겠소?"

경비대장의 말투는 서글서글했지만 그 안에는 가시가 숨어
있었다. 그가 말고삐를 단단히 잡으며 언제라도 움직일 준비
를 했다.

"검문은 안 되네, 유릭."

필리온이 유릭의 옆에서 말했다. 그가 식은땀을 뻘뻘 흘리
고 있었다.

'만약 용병들이 도련님을 팔아넘긴다면 끝장이다.'

필리온이 잔뜩 긴장하며 용병들의 분위기를 살폈다. 용병
들은 입을 다물고 유릭의 말만 기다렸다.

"그건 곤란한데. 용병들이 다 그렇잖아? 신분이 불확실한
놈들 천지라고, 경비대장 나리. 그리고 우린 용병이면서도 형
제들이야. 이미 형제로 받아들인 이상, 무슨 일이 있어도 버

리지 않아."

유릭이 눈을 가늘게 떴다. 떨어진 거리에서도 긴장감이 오 갔다.

"정말로 안 되겠나?"

경비대장이 마지막으로 말했다.

"정말로 하고 싶다면 힘으로 하시지."

유릭이 단언했다. 대화의 여지는 더 이상 없었다.

"그렇군. 좋은 여행되시오, 유릭의 형제들."

경비대장이 말머리를 돌리며 도시로 돌아갔다. 유릭은 그 들이 사라지는 걸 바라봤다.

"아마 오겠지?"

유릭이 용병들을 보며 말했다.

"딱 봐도 열이 받아서 추격대를 꾸려올 얼굴이었잖아. 보나 마나지."

도노반이 나뭇가지로 이를 쑤시며 말했다. 다른 용병들도 동의하듯 고개를 끄덕였다.

"도로를 따라가는 건 포기한다. 숲길과 산길로 가자고."

용병들은 도로를 벗어나 산길로 향했다.

"갑자기 산이라고? 그냥 도로로 가면 안 돼? 내 돈을 받고 싸우는 용병이잖아. 추격대도 해치우라고."

말을 탄 파헬이 투덜거렸다. 당황한 필리온이 혓바닥에 설탕이라도 바른 듯 자신의 주인을 달랬다.

"필리온 경."

용병단은 이동하기 시작했다. 행렬에서 벗어난 도노반이 필리온 옆에 다가왔다.

"무슨 일인가?"

"경의 도련님 입단속을 하지 않으면, 우리 중 누군가가 밤중에 저 혓바닥을 잘라 버릴지도 모르겠습니다."

"무, 무례하군."

"무례가 아니라, 남 일 같지 않아서 하는 말입니다. 저도 군인이었는데, 예전에 상관이 혓바닥을 함부로 놀렸거든요."

"군인이었나?"

"제국 군인이었습니다. 불명예제대 했지만요."

도노반은 용병단 내에서 유일한 제국 군인 출신이다. 제국 군인 출신이 용병업으로 빠지는 일은 드물다.

"불명예제대라니. 제국 군인이었다면 나중에도 좋은 대우를 받았을 텐데 안타깝군. 무슨 일이 있었나?"

필리온의 질문에 도노반이 누런 이를 드러냈다. 그가 살인자의 미소를 지었다.

"그 혓바닥을 함부로 놀렸던 상관을 제 손으로 죽였습니다, 필리온 경."

필리온이 입을 다물었다. 그가 떨리는 눈동자로 도노반의 등을 바라봤다.

　도노반의 말은 명백한 협박이었다.

　'빌어먹을 용병들. 예의라곤 쥐뿔도 배우지 못한 놈들.'

　필리온이 속으로만 욕을 내뱉었다. 용병은 천박하다. 하물며 야만인을 대장으로 삼은 용병단은 말할 것도 없다.

Chapter 4

도시에서 출발한 지 이틀이 지났다. 길은 점차 험해졌다.

"어이, 필리온 도련님. 이제 말을 버려야겠어. 사내라면 두 다리로 씩씩하게 걸어야지."

선두에 있던 유릭이 외쳤다.

유릭과 용병들은 산길을 타고 올라갔다. 길이 끊어지고 말이 지나다니기 힘든 지형까지 왔다. 용병들은 일부러 거친 지형을 골라서 행여나 쫓아올지도 모르는 추적대를 따돌릴 생각이었다.

"파헬 도련님, 말에서 내리셔야겠습니다."

필리온이 조심스레 말했다. 혼자서 말을 타고 있던 파헬이 고운 미간을 찌푸렸다.

"필리온 경, 용병들에게 다른 길을 찾아보라 말하게. 말을 타고 갈 수 있는 길로!"

파헬은 말 위에서 꿈쩍도 하지 않았다.

'나보고 걸어서 움직이라고? 이 산길을?'

파헬은 어처구니가 없어서 콧방귀를 끼었다. 그는 용병들을 둘러봤다.

"유릭, 말이 갈 만한 길을 찾을 수 있겠나?"

필리온이 절절매며 말했다.

"추적대가 우리를 쫓아온다면 말을 타고 올 건데, 말이 갈 수 있는 길이라면 따라잡히겠지. 그러면 싸워야 할걸."

"크음."

필리온이 다시 파헬의 곁으로 걸어갔다. 그는 자신의 어린 주인을 설득하느라 식은땀을 절절 흘렸다.

"대단한 충성심이로군. 나라면 벌써 배때기를 뚫어버리고 도망갔을 거야."

바크만이 뒤에서 비꼬며 말했다. 다른 용병들도 동의한다는 듯이 웃었다. 필리온의 인내심만큼은 존경할 만하다고 반쯤은 놀리듯 말했다.

"필리온 경! 경은 내가 누군지 알지 않는가. 이런 용병들과 같은 눈높이에서 걸어야 한다고? 웃기는군. 차라리 돌아가서 배를 기다리는 게 낫겠어."

"배는 오지 않습니다, 도련님."

"누님께서 분명 배가 온다고 했어. 내 누님이 거짓말을 했다고? 감히…… 혈통을 능멸하는 건가?"

"그게 아니라……."

"경의 말을 듣고 용병 따위를 따라오는 게 아니었어."

필리온과 파헬 사이에서 작은 말다툼이 일었다. 파헬은 한사코 말에서 내리지 못하겠다고 말했다.

"바크만."

말다툼을 보던 유릭이 바크만을 불렀다. 용병들과 농담을 따먹던 바크만이 고개를 들었다.

"왜?"

"말고기 좋아해?"

"먹어본 적이 없어."

"그럼 오늘 서녁으로 먹어보자고."

유릭의 근육에 힘이 잔뜩 들어갔다. 그가 성큼성큼 걸어서 말을 탄 파헬 앞에 섰다.

"뭐, 뭐야? 나, 나는 아직 잊지 않았어. 네가 나한테 모욕을 줬지. 언젠가 그 죄를 다시 물……."

파헬이 두려움을 감추듯 목청을 높였다.

퍽.

둔탁한 소리가 났다. 유릭의 주먹이 말의 관자놀이를 강타했다.

"히이잉!"

말이 비명을 지르며 쓰러졌다. 필리온이 낙마하는 파헬을 잡아서 끌어당겼다.

콰직!

유릭이 쓰러진 말의 머리를 힘껏 짓밟아 으깼다. 말의 동공이 뒤집히고, 입에서는 기다란 혀가 튀어나왔다.

"내 말이⋯⋯? 내 말을 죽이다니! 이게 무슨⋯⋯."

파헬이 발작하다가 입을 다물었다.

푹! 푹!

유릭이 도끼를 뽑아 들었다. 그는 말의 목을 몇 번이나 내려쳐 베었다. 핏물이 사방으로 튀었다.

우드득.

유릭이 손가락으로 말의 눈알을 파내서 꺼냈다. 눈알을 크게 베어 물며 으적으적 씹어 먹었다.

"짐승의 눈깔은 제법 별미라고. 먹어볼래?"

유릭이 다른 눈알을 하나 꺼내서 파헬에게 던졌다. 파헬이 기겁하며 뒷걸음질 쳤다.

'이제 좀 조용하겠군.'

유릭은 의도적으로 폭력적인 상황을 연출했다. 파헬이 벌벌 떨며 필리온에게 의지했다.

"으, 으으. 야만인 같으니."

파헬이 끝까지 자존심을 내세웠다.

"도련님이 다치실 뻔했네. 다시 한 번만 더 그런 짓을 하면……."

필리온이 유릭에게 따졌다. 유릭은 용병들에게 말의 해체 작업을 맡기곤 필리온을 쳐다봤다.

"그런 짓을 하면? 뭐?"

"…조심해 주게."

필리온은 그 말밖에 하지 못했다. 지금 상황에서 그는 약자였다.

스걱, 스걱.

용병들이 말의 사체를 개울가로 끌고 가서 손질했다. 재빠르게 피와 내장을 뽑아내고 고기만 잘라서 나눠 들었다. 피와 내장들이 물길을 따라 내려갔다.

말을 손질하는 동안은 휴식시간이었다.

"오늘 저녁은 말고기로군. 별식이야, 별식."

말고기는 흔히 먹는 음식은 아니다. 용병들이 콧노래를 흥얼거리며 저녁을 기대했다. 몇몇은 신선한 살점을 베어내서 생으로 먹기도 했다.

질겅.

유릭도 말고기를 얇게 포로 떠서 생으로 먹었다. 상당한 별미였다.

"저 도련님 대단하군. 어떤 집안에서 자라야 저런 인간이되는 거지?"

"자존심은 높은데, 할 줄 아는 건 없는 철부지지."

용병들이 삼삼오오 모여서 떠들었다. 지금 용병단의 안줏거리는 단연 파헬이었다. 뒷담을 해도 해도 모자랐다.

"그러게. 유릭과 또래 나이인 것 같은데 하늘과 땅 차이로군, 클클."

스벤이 걸걸하게 웃으며 말했다. 갑자기 용병들이 입을 다물었다. 정적이 감돌았다.

"스벤, 지금 무슨 소리 하는 거야? 저 철부지 도련님과 유릭이 또래라니? 저 도련님은 기껏해야 십 대 중후반인데?"

바크만이 어이가 없다는 듯이 말했다. 스벤도 눈을 동그랗게 뜨곤 말했다.

"유릭도 어딜 봐도 십 대지. 안 그런가? 형제들."

스벤의 말에 북부인들이 고개를 끄덕였다. 북부인들의 눈에는 유릭의 앳된 면모가 보였다. 단지 뛰어난 전사이기에 대장으로 존중하고 있었다.

"무슨 유릭이 십 대야? 저 얼굴로 십 대일 리가 없잖아. 딱봐도 스물은 넘었구만."

"그렇다면 직접 물어보게, 바크만."

스벤이 말고기를 씹어 먹으며 태연히 웃었다. 바크만이 벌떡 자리에서 일어났다.

"유릭, 너 몇 살인데?"

바크만이 유릭에게 다가가서 대놓고 물었다. 용병단의 이목이 집중됐다. 필리온과 파헬도 유릭을 물끄러미 쳐다봤다.

유릭이 잠시 생각하더니 손가락을 하나씩 접었다.

"아, 올해로 대충 열일곱이네."

바크만의 다리가 휘청거렸다. 그는 간신히 풀리는 다리를 붙잡아 몸을 지탱했다.

"유릭."

바크만이 진지한 얼굴로 유릭의 어깨에 손을 올렸다.

"왜?"

"이제부터 바크만 형님이라고 불러라."

바크만이 엄지를 치켜세웠다.

용병단은 반나절 동안 험한 산속을 걷고 나서야 야영을 했다.

"우리는 '유릭의 형제들' 그중에 막내는 유릭이지!"

용병 하나가 노래하듯 외쳤다. 용병들이 낄낄 웃어댔다.

"유릭, 얼굴 너무 삭은 거 아니야? 어떻게 그 얼굴로 풉. 아이고. 다시 생각해도 미치겠네."

용병이 마시던 물을 뿜으며 말했다.

"시끄러워, 새끼들아."

유릭이 늑대 모피를 바닥에 깔고 그 위에 앉았다. 그는 도끼 하나를 뽑아서 흙바닥에 내리꽂았다.

"내 입에서 형님 소리 듣고 싶어? 그럼 덤벼."

유릭에게 덤빌 간 큰 용병은 없었다. 그저 농담거리로 삼을 뿐이었다.

타닥, 타닥.

마른 장작을 모아 모닥불을 피웠다. 온기가 낮게 퍼졌다.

"크윽."

파헬이 신발을 벗으며 신음했다. 그의 발에는 물집이 잡혀 있었다.

"조금만 참으십시오."

필리온이 연고를 꺼내 파헬의 발바닥에 발랐다.

"읏."

파헬이 움찔움찔했다. 그 광경을 본 유릭이 웃었다.

"누가 보면 칼에 찔리는 줄 알겠네. 엄살떨긴."

그 말을 들은 파헬이 유릭을 노려봤다.

"네놈! 내가 너희 같은 천박한 사람인 줄 아느냐! 난 고귀한 신분이다. 이렇게 땅을 걸어 다닐 신분이 아니라고!"

파헬이 울먹이듯 외쳤다. 울분이 잔뜩 쌓여 있었다.

'내가 왜 이런 꼴을 당해야 하지? 어째서?'

온종일 산을 걸었다. 생전 처음 겪는 고통이었다. 무릎에서 열이 나고 발바닥은 한없이 쓰렸다.

"도련님, 진정하시죠."

필리온이 말했다. 그는 용병들에게 눈짓하며 파헬을 자극하지 말라는 신호를 보냈다.

"진정? 내가 진정하게 생겼어? 필리온 경! 당장 산을 내려가서 말을 구해와!"

"그건……"

"제기랄! 빌어먹을!"

파헬이 욕을 하다가 제풀에 지쳐서 얼굴을 감싸고 울음을 터트렸다. 청년의 서러운 목소리가 야영지에 퍼졌다.

'약해빠졌군.'

유릭이 파헬을 물끄러미 쳐다봤다. 그가 만났던 고트발과 파헬은 비슷하면서도 전혀 다른 인간이었다.

'고트발에겐 존경받을 만한 무언가가 있었어.'

유릭이 태양 펜던트를 매만졌다. 그는 아직도 고트발의 말을 기억하고 있었다.

'문명세계에는 다양한 사람들이 있다.'

부족세계에서는 오로지 '전사로서 얼마나 대단한가?' 이것만으로 인간의 가치가 판가름 났다. 대단한 전사가 곧 훌륭한 인간이었다. 반대로 말하자면 전사로서 대단하지 못한 자는 별 볼 일 없는 인간이었다.

'저런 나약한 인간조차 목숨을 바쳐 충성할 만큼 가치가 있는 건가? 문명세계에서 인간의 가치는 무엇으로 정해지지? 돈? 지위?'

유릭은 문명세계를 좋아했다. 사람들의 숫자만큼이나 다양한 자들이 있었다. 유릭은 그들의 가치관을 이해하고 싶었다. 전사가 아니면서도, 존중을 받는 이들의 사고방식을.

"글자는 읽을 줄 알아? 도련님."

유릭이 파헬 앞에 앉으며 말했다. 그가 고트발에게 받은 글쓰기 교본을 꺼내 들었다.

"책?"

파헬이 깜짝 놀라며 유릭을 쳐다봤다.

'어떻게 야만인이 책을?'

책은 값비싼 물품이다. 수도사들이 밤을 꼴딱 새워가며 몇 날 며칠을 사본해야 책 한 권이 겨우 나온다. 용병이나 야만인들이 들고 다닐 만한 물건이 아니다.

"왜 놀라고 그래? 나 글자도 제법 읽을 줄 안다고. 이거 '초급 글쓰기 교본'이잖아. 설마 귀족 주제에 글자도 모르는 거야?"

유릭이 글자를 손가락을 가리키며 말했다.

"내가 글자도 모른다고? 내가 누구라고 생각하나! 초급 글쓰기 교본 따윈 7살 때 이미 뗐던 몸이시다."

파헬이 버럭하며 눈을 부라렸다.

"좋아, 그럼 내가 모르는 부분을 좀 가르쳐 줘. 독학이 좀처럼 잘 안 되더라고."

"야, 야만인 따위가 글을 배워서 뭣 하려고?"

파헬이 팔짱을 끼며 비웃었다. 유릭이 태연스레 태양 펜던트를 흔들었다.

"나도 태양교 신자라고, 글을 알아야 루의 가르침을 더 잘 배울 거 아니야."

"크흣."

루의 이름을 들먹이자, 파헬이 움찔했다.

'이야, 세례받길 정말 잘했어.'

문명인들은 태양신에게 약했다. 오히려 신분이 높은 사람일수록 태양신이라는 말에 어쩔 줄 몰라 했다.

"루여, 댁의 가르침을 더 배우고자 하는데 형제들이 나를 돕지 않는군!"

유릭이 장난스레 기도하며 말했다.

"알았어, 알았다고. 어디가 막히는 건데?"

파헬이 고개를 내밀었다. 유릭이 모르는 글자를 조목조목 짚었다.

"모를 만도 하지. 책이 낡아서 잉크가 지워진 거야."

"아하, 그런 거였군. 어쩐지 아무리 읽어도 모르겠다더니."

유릭이 무릎을 탁 치며 말했다.

파헬은 순식간에 책을 넘겼다. 그에게 이런 교본은 어린애 장난 같은 수준이었다.

'배우는 게 빨라.'

파헬은 문득 이질적인 느낌을 받았다. 유릭의 기억력에 경악했다.

'한 번만 가르쳐 줘도 대강 거의 기억한다.'

지금까지 유릭을 가르친 모든 문명인이 매번 감탄한 부분이다.

"왜 멈추고 그래?"

유릭이 고개를 들어 올리며 갸웃거렸다.

"아니, 아무것도 아니야."

파헬이 유릭을 쳐다보다가 고개를 돌렸다.

'나를 놀리려고 하는 건 아니야. 정말로 그냥 기억력이 좋은 거로군.'

의외로 파헬은 집중해서 유릭을 가르쳤다. 이번에 가르친 단어는 '세계'였다.

"세상의 끝이라고 알아?"

유릭이 문득 물어봤다. 파헬은 귀족답게 지식이 풍부했다. 단순히 글자를 가르쳐 주는데도 중간중간 해박한 배경지식이 묻어 나왔다.

"바다 끄트머리의 절벽이지. 바다가 넘치지 않도록 바닷물이 폭포처럼 내려가는 곳이야. 너는 저번에 바다를 처음 봤지? 바닷물을 마시는 사람을 볼 줄이야. 웃겼어."

파헬이 다시 그 광경을 떠올리며 웃었다. 그의 웃음을 본 필리온이 안도의 한숨을 쉬었다.

'도련님이 웃으시다니. 다행이야, 다행.'

파헬이 땅바닥에 그림을 그렸다.

"이 세상은 평평한 사각형이야. 그 중심에 우리가 사는 대륙이 있지. 서쪽으로는 하늘산맥이 있고, 동쪽 바다에는 세상의 끝이 있어. 혹은 세계의 끝이라고도 부르지."

"북부인의 말로는 동쪽 바다 끝에는 세상의 끝이 아니라, 다른 땅이 있다고 하던데? 동쪽의 땅에서는 검은 머리와 검은 눈을 가진 자들이 살고 있다고 했어. 어느 쪽이 맞는 거야?"

유릭이 물었다.

"동쪽 바다에 땅이 있다고? 누가 그래? 가 보지도 못한 야만인들이 망상하며 헛소리를 지껄이는 거지. 동쪽 바다의 끝은 절벽이라고. 세상의 끝."

파헬이 동쪽의 땅을 부정했다.

"그럼 누군가가 세상의 끝을 보고 왔다는 거잖아? 누가 봤다는 거지? 배를 타고 네가 직접 보기라도 했나?"

유릭의 질문이 끝이 없었다. 파헬은 자신만만하게 대답했다.

"기록에 남아 있어. 옛날에 세상의 끝에서 떨어질 뻔한 사람들이 돌아와서 기록에 남겼지. 그 동쪽 바다 끝에는 절벽이 있다고."

"직접 본 건 아니라는 소리군."

"당연하지. 난 죽기 싫거든."

파헬이 팔짱을 꼈다. 유릭이 천천히 생각하더니 서쪽을 바라봤다. 해가 지는 방향이었다.

"그럼 하늘산맥 너머에는 뭐가 있지?"

유릭의 입가가 슬며시 올라갔다. 그의 눈동자가 욕망으로 번들거렸다. 호기심이라는 괴물이 가슴을 힘차게 두드렸다.

"하늘산맥 너머에도 끝없는 낭떠러지뿐이야. 아무도 하늘산맥을 넘지 못해."

파헬이 호언장담했다.

"그래? 정말로? 진짜?"

유릭이 입가에 웃음을 실실 흘리며 몇 번이나 말했다.

"당연하지. 날 의심하는 거야? 내가 읽은 책이 몇 권인 줄 알아? 전부 쌓아 올리면 네 키보다 훨씬 높을걸. 세상의 전부가 책에 있다고. 난 모르는 게 없어."

파헬이 가슴을 치며 말했다. 그 옆에서 듣고 있던 필리온이 거들었다.

"도련님께서는 대단한 독서가지. 성직자들도 대화하다가 도련님의 해박한 지식에 놀랄 정도네."

필리온의 칭찬에 파헬의 어깨가 으쓱했다. 파헬의 기분이 한결 좋아진 듯했다.

"좋은 대화였어. 덕분에 확신이 섰군."

유릭이 자리에서 일어섰다. 그가 어두운 숲을 응시했다. 그는 상상 속에서 악령들을 보곤 했다. 아직도 조상과 형제들의 넋이 자신을 지켜보는 듯한 착각이 들었다.

"역시 세상의 전부를 알려면 내 눈으로 봐야 하는군. 책은 거짓말을 하거든."

유릭이 말하자, 파헬이 발끈했다.

"나, 나를 능멸하는 거냐!"

잠시나마 유릭에게 친근함을 느꼈던 자신이 바보 같았다.

'역시 야만인은 야만인일 뿐! 지식을 가르쳐 줘봐야 아무런 의미가 없어!'

파헬이 입술을 파르르 떨었다.

"오늘은 이만 자라고, 도련님. 내일은 제국 수도에 대해 물어보지. 혹시 가 본 적이 없는 건 아니겠지?"

"당연히 가 봤지! 네놈 따위 상상도 못 할 만큼 엄청난 곳이다! 하멜은 단순히 제국의 수도가 아니야. 그곳이 바로 문명의 수도이며 세상의 중심이지! 모든 길은 하멜로 통한다!"

유릭은 발작하는 파헬을 내버려 두곤 자신의 자리로 돌아
갔다.

자리에 눕던 유릭은 따가운 시선을 느꼈다. 모닥불 건너편
에서 스벤이 유릭을 쳐다보고 있었다.

"하고 싶은 말이 있으면 해, 스벤."

"유릭, 자네 설마……."

스벤이 그렇게 말하며 서쪽을 바라봤다. 유릭이 검지를 입
술에 대며 웃었다.

"쉿."

스벤은 유릭의 출신지를 항상 궁금해했었다. 유릭의 언행
은 북부와 남부, 어느 쪽과도 완벽하게 맞아떨어지지 않았다.

'서부.'

아직 제국의 영향이 닿지 않은 미지의 땅. 존재조차 불확실
한 곳.

'자네는 진정한 의미로 이방인이었군.'

하늘산맥을 넘은 자.

"조금만 참으라고. 남자잖아, 안 그래?"

유릭이 파헬의 팔을 잡아서 끌어 올리며 말했다. 용병단은 산을 통째로 가로질러 넘었다. 며칠간 계속되는 산행에 용병들조차 지친 기색이 역력했다.

"포를카나 왕국이 끝나는 국경선까지만 버티면 좀 편해질 겁니다, 도련님."

필리온이 옆에서 파헬을 달래듯 말했다.

"빌어먹을. 빌어먹을."

파헬이 욕설을 내뱉으며 억지로 발을 내디뎠다. 그의 발은 피투성이였다.

"좋아, 좋아. 마음껏 욕하라고, 파헬. 다들 그렇게 남자가 되는 거라고."

유릭이 파헬의 등을 두드렸다.

'도련님이지만 은근히 근성은 있어. 입으론 투덜거려도 어떻게든 따라오는군.'

파헬이 악을 쓰며 다음 언덕을 올랐다.

"나는, 나는. 고귀한 혈통이다."

파헬의 자존심만큼은 하늘을 찌를 정도로 높았다. 그의 깔끔한 얼굴은 어느새 땀과 먼지로 엉망이었다. 비 오듯 땀을 흘려댔다.

"여기서 잠시 휴식."

언덕을 가장 먼저 올라간 유릭이 말했다. 모두가 지쳤는데도 유릭은 여유로웠다. 유릭이 아래에서 올라오는 용병들의 손을 잡아서 끌었다.

'이게 유릭이 용병을 이끌 수 있는 원동력이로군.'

필리온이 유릭을 보며 생각했다. 유릭은 모든 일에 솔선수 범했다. 가장 힘든 일에 먼저 나섰다. 대장이라고 거들먹거리 거나 특권을 누리지도 않았다.

'나이는 중요하지 않아. 이미 용병들은 유릭을 존경하고 있다.'

유릭의 형제들 중에서 유릭에게 도움을 안 받아본 자가 드 물다.

'저렇게 행동하는데 존경을 받지 않는 게 이상한 거지.'

유릭은 먼저 언덕을 올랐는데도 쉬기는커녕 다른 사람들을 부축하고 도와줬다.

"체면이 말이 아니네, 유릭 동생에게 형님인 내가 도움을 받다니."

바크만이 유릭의 팔을 잡으며 말했다. 유릭이 방긋 웃었다.

"바크만, 다시 올라와."

유릭이 바크만을 발로 걷어찼다. 바크만이 언덕 밑으로 굴 러떨어졌다.

"야, 이 어린놈 새끼야!"

바크만이 비명을 지르며 뒹굴었다. 요새 그는 유릭을 놀리는 데 재미를 붙인 듯했지만 대부분 결과가 안 좋았다.

"어라?"

유릭이 바람을 쐬다가 이맛살을 찌푸렸다. 그가 날아오르는 새들을 바라봤다. 어지러운 나무들 사이로 낯선 은빛이 보였다.

"도노반!"

유릭이 외쳤다. 이제야 앉아서 숨을 돌리던 도노반이 짜증스레 고개를 들었다.

"무슨 일인데?"

"전투준비해. 추적대다."

유릭이 말했다. 도노반이 두말하지 않고 일어섰다. 유릭의 시력은 용병단 내에서도 최고였다. 용병들이 보기에 인간을 뛰어넘은 수준이었다.

'시력만 인간을 뛰어넘은 게 아니지. 저 몸뚱이는 인간이 아니야.'

도노반도 유릭의 무용을 몇 번이나 곁에서 봤다. 어쩌다 자랑할 만큼 잘 싸우는 건 전사라면 한 번쯤은 있는 경험이다. 그러나 인생에서 한두 번 겪을 법한 무용담을 매번 해내는 전사가 바로 유릭이다.

유릭의 근육이 달아오른다. 근육들이 스스로 열을 내며 꿈틀거렸다.

"후우우우."

유릭이 머리를 좌우로 흔들었다. 정신이 맑아진다. 전투를 앞두면 잡념이 날아가서 기분이 좋았다. 마치 싸우기 위해 태어난 사람처럼.

"일어나, 돼지들아! 적이다."

도노반이 늘어진 용병들을 발로 걷어찼다. 비상사태였다.

"어떻게 추적대가 벌써?"

다른 용병들도 의아해했다. 그들은 말이 오지 못하는 산길로만 걸었다.

"이상하군. 아무리 병력 소집이 빨라도 적어도 하루 이틀은 걸릴 텐데, 벌써 우리를 쫓아오다니."

용병들이 투덜투덜했다. 그들은 짐을 뒤져서 갑옷을 꺼내 입고 무기를 들었다. 서로서로 갑옷 끈을 묶는 걸 도왔다.

"어떻게 생각하나? 유릭."

스벤이 유릭 옆에 다가왔다. 그는 뿔이 달린 투구를 눌러쓰며 양손도끼를 굳세게 붙잡았다.

"경비대장이 소집한 부대가 아니야. 도시에서 우릴 쫓아온 놈들이라면, 우리와 거리가 이틀 차이는 났겠지. 아무리 행군 속도가 빨라도 지금 따라잡히는 건 이상해. 우리도 적잖게 강행군이었잖아."

유릭도 턱을 매만지며 생각했다. 도시의 경비대에게는 따라잡힐 이유는 없었다.

"그렇다면 저 도련님 일행이 도시에 오기 전부터 다른 추적대에 아슬아슬하게 쫓기고 있었다는 거지. 아마도 반나절에서 하루 차이 정도로."

스벤이 슬쩍 필리온과 파헬을 바라봤다.

"필리온이 그걸 알고 있었으면 우리에게 말했을 거다. 필리온도 추적대가 이렇게 바짝 붙었는지는 몰랐던 거겠지. 여러모로 손이 많이 가는 고용주들이구만."

유릭이 혀를 차며 웃었다.

'적들 숫자는 얼추 이십여 명이다. 그런데 우린 오십 명이넘지.'

숫자에서 앞서는 유리한 전투였다.

"적들은 바보가 아니야. 이길 자신이 있으니 덤벼오는 거다, 유릭."

스벤이 유릭의 생각을 읽었다는 듯이 경고했다. 적을 만만하게 보면 안 된다.

"알고 있어. 숫자가 많다고 항상 이기는 건 아니니까."

유릭이 칼을 뽑아 들었다. 용병들과 호위기사들도 전투준비를 끝냈다. 유일한 비전투 인원은 파헬뿐이다.

"활시위를 메겨! 사정거리가 닿는다."

도노반이 눈대중으로 거리를 잡으며 외쳤다. 활을 든 용병들이 시위를 길게 당겼다.

적들은 경갑을 입고 있었다. 추적해야 하는 만큼 무장이 단출했다.

"쏴!"

용병들이 활시위를 놓았다. 화살들이 나무 사이를 가로질렀다.

픽!

화살들이 나무에 꽂혔다. 적들은 나무 뒤에 숨거나 방패를 들어 올렸다. 화살에 맞아 쓰러지는 적은 하나도 없었다.

"이야, 방금 저 새끼들 피하는 거 봤어? 요령이 좋은데? 화살로는 안 죽겠어."

유릭이 도끼를 빙빙 돌리며 말했다. 적들의 몸놀림은 보통이 아니었다. 상당히 노련한 전사들이었다.

"한 번 더 쏴!"

용병들이 재차 화살을 쐈다. 적들은 나무 뒤에 숨어서 나오지 않았다.

"놈들이 나오지 못하게 계속 화살을 겨누고 있어."

도노반이 궁수들에게 말했다.

"스벤은 왼쪽! 도노반은 오른쪽! 나는 중앙으로 간다. 바크만은 도련님이나 지켜!"

유릭이 칼로 방향을 가리키며 말했다. 용병들이 무기를 들고 성큼성큼 걸어갔다. 먼저 적들을 포위해서 유리한 진형을 잡을 셈이었다.

"나를 따르라! 꿀꿀이들아!"

유릭이 외치며 가장 선두에 섰다. 그가 도끼와 칼을 하나씩 쥐고 힘차게 달려 나갔다.

"우오오오오!"

적들도 용병들과 마주했다. 전사들이 충돌하며 함성이 일그러졌다.

"끄아아아!"

유릭이 도끼를 휘둘러서 적의 방패를 찍어 내렸다. 그대로 힘으로 밀어붙여서 목을 베어낼 생각이었다.

스륵.

유릭의 눈앞에 창날이 스쳐 지나갔다. 유릭이 잽싸게 고개를 비틀어 창을 피했다. 머리가 꿰일 뻔했다.

"킥!"

"카아앗!"

옆에서 비명이 들렸다. 창을 피하지 못하고 머리가 꿰뚫린 용병도 있었다.

'2인 1조?'

적들은 상당한 수준의 전사들이었다. 그들은 2인 1조로 싸웠는데 한 명이 칼과 방패를 들었고, 다른 하나는 창을 들고 있었다.

'앞에서 방패로 막으면 그 뒤에서 창잡이가 적을 찔러 죽인다. 마치 한 몸인 것처럼 호흡이 딱딱 맞아.'

유릭이 연거푸 뒤로 물러나며 창날을 피했다.

"제기랄! 부상자는 뒤로 빼!"

용병들이 부상자들을 질질 끌며 뒤로 빠졌다. 첫 충돌에서 용병들의 피해가 컸다. 난생처음 보는 전투방식에 대책이 없었다.

'제대로 훈련을 받은 전투병들이다. 한두 번 해본 솜씨가 아니야.'

방패병과 창잡이의 역할이 뚜렷했다. 숫자로는 용병들이 앞서고 있는데도 섣불리 다가가지 못했다.

"뒤로 돌아가! 뒤로 돌아서 앞뒤로 조져 버려!"

용병들이 뒤로 빠져서 후방을 잡으려고 했다.

척!

방패병들이 창잡이들을 안쪽으로 감싸며 원을 그렸다. 고도의 훈련을 받은 진영 이동이었다.

"으억!"

창잡이들이 바깥쪽으로 창을 길게 찔렀다. 용병들이 부상을 입으며 뒤로 물러났다.

"궁수!"

원거리 지원을 외쳐 보지만 용병들은 전문 궁수가 아니다. 다들 얼치기로 배운 궁술인지라 뒤엉킨 상황에서는 적만 노리기 힘들었다.

"이런 건 처음이로군."

유릭도 허리와 팔을 느슨하게 숙이며 적들을 바라봤다.

"'고슴도치의 진'이라는 전술 훈련을 받은 병사들이야. 그냥 아무 생각 없이 싸우다간 이겨도 이긴 게 아닐 거다."

도노반이 신음하며 말했다. 창에 스친 목덜미에서 피가 흘러내렸다.

"고슴도치의 진이라……."

유릭이 중얼거리며 단단히 뭉친 적들을 바라봤다. 진영을 갖춘 적들이 한 몸인 것처럼 움직이며 용병들을 걷어냈다.

'내가 저기에 뛰어들어도 창에 찔려 죽는 모습밖에 상상이 가지 않아.'

유릭마저 섣불리 저 안으로 돌격하지 못했다. 그만큼 단단한 진이었다. 유릭이 제아무리 대단한 전사라도 심장이 창에 찔리면 죽는다.

"거기 뭐 하는 거야! 북부인 새끼들아! 빨리 도우라고!"

용병들이 외쳤다.

스벤과 북부인들이 뒤로 물러난 상태에서 뭔가 하고 있었다. 그들은 둥그렇게 마주 앉아서 검을 허공에 빙글 돌렸다.

휘릭.

검이 공중에서 회전하며 땅에 떨어졌다. 검의 끝이 북부인 한 명을 가리켰다.

"울가로께서 이번에는 내 차례라고 말씀하시는군."

선택받은 북부인이 고개를 끄덕이며 자신의 동포들을 바라봤다. 북부인들은 눈빛을 교환했다.

"언덕으로 먼저 가겠네. 노예로 바스라 졌을 몸, 다시 한번 이렇게 싸우게 되어 영광이었다."

선택받은 북부인이 칼과 방패를 쥐고 달려 나갔다. 그가 고함을 내질렀다. 자신들의 언어로 외쳤지만, 그 의미를 모르는 사람은 없었다.

"검의 언덕으로-!!"

북부인이 고슴도치의 진 안쪽으로 몸을 날렸다. 창에 찔리는 것도 아랑곳하지 않은 채 진영 사이에 뛰어들어 칼로 적을 찌르고 방패로 사람들을 밀었다.

"커억."

북부인은 목이 찔려도 멈추지 않았다. 핏발 선 눈동자가 적들을 바라봤다. 심장이 멈출 때까지 그는 칼을 휘둘렀다.

"지금이다. 들어가! 덮쳐! 전부 죽여 버려!"

용병들이 외쳤다.

죽음을 각오한 북부인의 돌격에 고슴도치의 진이 깨졌다.

난전이 이어지면서 숫자가 많은 용병들이 우세를 점했다.

털썩.

진영을 깨트린 북부인은 창 세 자루가 몸에 꽂히고서야 땅바닥에 쓰러졌다. 그의 눈동자가 흐려지며 검의 언덕을 본다. 북부인의 시조 울가로가 그를 기다리고 있었다.

"이게 북부의 방식일세."

스벤이 유릭의 옆을 지나가며 말했다. 스벤과 북부인들이 무기를 들고 고함을 치며 돌격했다.

열악한 환경 속에서도 북부인은 10년이나 제국군에게 저항했다. 그들은 단순히 덩치가 크고 힘만 센 게 아니었다. 그들의 뒤에는 전사를 위한 신이 있었다.

'태양신 루는 자비와 사랑을 말하지.'

하지만 북부인들은 자비와 사랑을 덕목으로 삼지 않는다. 그들의 덕목은 싸움과 죽음이었다.

"북부의 신은 폭력적이고 오만합니다."

고트발의 말이 생각났다. 유릭은 그게 무슨 의미인지 알 것 같았다.

"하하."

유릭이 웃었다. 그는 죽은 북부인의 눈을 바라봤다. 텅 빈 동공에는 초점이 없었다.

"후읍."

웃던 유릭이 숨을 들이마시며 달려 나갔다. 그가 적들 사이를 가로지르며 폭력을 토해냈다.

전세는 순식간에 기울었다. 용병들이 분노를 담아 적들의 목을 베었다. 비명에 나뭇잎들이 흔들렸다.

"큭큭, 멍청한 놈들. 네놈들이 호위를 맡은 사람이 누군지 아느냐?"

병사 하나가 무기를 놓으며 말했다.

"이놈은 생포해. 심문한다."

유릭이 그렇게 말하며 병사 앞에 다가갔다.

"그게 무슨 말이지? 아는 걸 다 말한다면 목숨은 살려주지."

"저분은…… 컥."

갑자기 화살이 날아와 병사의 입을 관통했다. 유릭이 뒤를 돌아봤다.

'필리온.'

필리온이 활을 들고 있었다. 그가 유릭을 바라봤다.

"왜 죽였지?"

"자네가 공격을 당하는 줄 알았네."

필리온이 태연히 말했다.

"공격은 무슨. 난 놈을 생포할 생각이었어."

유릭은 눈을 가늘게 떴지만 별말은 하지 않았다.

어느새 적들이 도망가기 시작했고 흥분한 용병들은 적들을 생포할 생각도 하지 않았다. 도망가는 자들의 머리통을 깨부 쉈다.

"후우, 후우."

전투가 끝났다. 용병들이 땅바닥에 주저앉으며 숨을 골랐다. 그들의 눈동자에는 아직도 전투의 열기가 남아 있었다.

"시신을 수습해."

숨을 고른 용병들이 자리에서 일어났다. 그들은 시체들을 벗겨 노획품을 챙긴 뒤, 벗긴 시체들을 한곳에 모았다.

"기름."

시체 주변에 장작을 던지고 기름을 뿌렸다. 용병들은 언제나 기름을 가지고 다닌다. 그들의 장례법은 화장이다.

"루여."

기도하는 소리가 났다.

적도 아군도 모두 함께 태웠다. 그들의 영혼은 태양신 루에게 올라간다. 루 앞에서는 모두가 평등하다.

"일일이 매장하려면 힘들지 않아?"

유릭이 쪼그려 앉아서 북부인들을 바라봤다. 북부인들은 땅을 파고 있었다. 그들의 장례법은 매장이었다.

"힘들 게 뭐가 있겠나?"

스벤이 어깨를 으쓱하며 삽으로 땅을 팠다.

유릭은 북부인의 장례를 바라봤다. 죽은 북부인의 시체를 땅에 묻고 죽은 이가 생전에 쓰던 무구도 함께 넣었다. 무구가 아까운 듯이 쳐다보는 용병들도 있었지만, 그걸 뺏으려 했다간 스벤의 도끼에 머리가 쪼개질 터였다.

해가 질 무렵에서야 전장 정리가 끝났다. 지친 용병들이 휴식을 취했다.

"잘 싸웠군. 보수는 반드시 챙겨주겠네."

필리온이 유릭을 보며 공을 치하했다. 유릭은 필리온을 물끄러미 바라봤다.

"체포해."

유릭이 손을 들며 말했다. 미리 유릭에게 언질을 들은 용병들이 필리온과 호위기사들을 덮쳤다.

"이, 이게 무슨 짓인가! 유릭! 루의 이름을 걸고 신의성실을 맹세하지 않았나!"

필리온이 소리를 질렀다. 유릭이 서늘한 눈으로 필리온을 바라봤다.

"신의성실을 먼저 어긴 건 그쪽이야."

필리온의 안색이 새파랗게 변했다.

"무슨 오해가 있는 것 같은데. 내 말 좀 들어보게, 유릭."

유릭이 끝까지 듣지도 않고 손짓만 했다. 필리온과 호위기 사들이 한곳에 모였다. 용병들이 그들의 목에 무기를 대고 있었다. 허튼짓하다간 바로 목이 날아간다.

"너는 나와 형제들을 속였어. 제대로 말해."

유릭이 칼을 땅에 꽂았다. 깍지를 낀 손으로 칼자루를 잡으며 필리온을 노려봤다.

필리온이 속였다는 물증이나 확실한 증거가 있는 것도 아니다. 하지만 유릭은 필리온을 추궁했다.

의심하는 데는 심증 하나면 충분하다. 증거 따윈 폭력으로 끌어내면 된다.

"지금 무슨 말을 하는 건지 모르겠…… 도련님!"

도노반이 파헬의 뒷덜미를 잡고 질질 끌고 나왔다. 파헬이 눈물범벅이 된 얼굴로 필리온을 바라봤다.

"피, 필리온 경! 사, 살려줘! 제발!"

파헬이 외쳤다. 그 옆에서 도노반이 이를 드러내며 웃었다.

"필리온 경, 도련님 혓바닥이 잘리기 전에 말하는 게 좋을 겁니다."

도노반이 허리춤에서 단검을 꺼냈다. 그가 파헬의 혓바닥을 움켜잡아 입 밖으로 꺼냈다.

"으, 으읍!"

파헬은 혓바닥에 닿는 쇠 비린내에 발광했다. 그의 가랑이

가 누렇게 젖어갔다.

"그만! 제발! 그만하게! 그분은⋯⋯."

필리온이 눈을 질끈 감았다가 이어 말했다. 그의 입술이 파르르 떨렸다.

"바르카 아누 포를카나. 포를카나 왕국의 유일무이한 적통 후계자일세."

도노반이 얼빠진 표정으로 파헬의 혓바닥을 놓았다.

"왕, 왕족?"

혀가 풀려난 파헬이 발악하며 외쳤다.

"무엄하다! 무릎을 꿇지 못할까! 네 이놈들! 내가 직접 너희들을 다 교수대로 보내 버릴 것이다! 큭!"

유릭이 파헬의 배를 걷어찼다. 가볍게 친 거지만 파헬 입장에서는 바위에 맞은 듯했다.

"시끄러워. 난 필리온과 이야기하고 있는 거다. 계속 이야기해라, 필리온. 소중한 도련님이 너덜너덜해지기 전에."

공기가 차갑게 가라앉았다. 용병들은 당장이라도 필리온과 파헬을 죽일 기세였다. 왕족인 걸 밝힌다고 해서 달라질 건 없었다.

"그냥 죽여 버려. 왕족이 꼬인 일이다. 일이 더 복잡해지기 전에 전부 죽이고 국경이나 넘자고."

도노반이 옆에서 말했다. 그 말을 들은 필리온이 다급하게 외쳤다.

"이, 일이 무사히 끝나면 어마어마한 보상이 기다리네! 도런님은 포를카나 왕국의 후계자야! 자네들은 미래의 왕을 보필하고 있는 거지!"

필리온이 필사적으로 외쳤다.

"왕족이고 자시고, 이미 우릴 한 번 속였잖아. 기껏해야 소국의 왕 따위. 제국 황실도 아니고 말이야."

용병들이 키득거리며 웃었다. 물론 일국의 왕이 우스운 신분은 아니다. 진짜 왕 앞에 선다면 용병들은 죽은 듯이 엎드려야 한다. 하지만 지금만큼은 용병들이 정당성과 힘을 가지고 있다.

'이 자리에서 필리온과 파헬을 죽이더라도 신의성실과 맹세에 어긋나지 않는다. 먼저 어긴 쪽은 저들이야.'

태양신 루도 용병들을 벌하지 않을 터다. 필리온은 루의 이름을 대고 거짓말을 했으며 신의성실의 원칙도 어겼다. 태양신도 용병들의 편이니 양심에 걸릴 게 없었다.

"신의성실을 어긴 대가를 먼저 치러야겠지, 필리온 경."

유릭이 처음으로 '경'을 붙이며 말했다. 필리온의 눈동자가 떨렸다.

저벅, 저벅.

유릭이 필리온의 앞으로 걸어와서 쪼그려 앉았다. 유릭의 누런 눈동자가 필리온을 쳐다봤다.

"부디 왕자님을 제국 수도까지 데려다주게, 유릭."

필리온이 나직이 말했다. 유릭은 다른 용병들이 듣지 못할 정도로 작게 속삭였다.

"이대로라면 내 형제들이 폭동을 일으킬 거야. 신의성실을 위반한 쪽은 댁이니까. 당장 도련님까지 죽여 버리고, 진주와 돈을 뺏자고 하겠지. 정말로 도련님을 지키고 싶다면 내 형제들이 납득할 만큼 대가를 치러야 돼."

필리온의 눈동자가 커졌다. 유릭의 말은 예상 밖이었다. 불같이 화를 내기는커녕 오히려 호의적인 태도였다.

'이자는 의뢰를 계속 수행하고 싶어 한다. 그런데 어째서 내 거짓말을 다른 용병들에게 까발린 거지?'

유릭의 행동은 모순적이었으나, 필리온은 당장 유릭을 이해하려고 하지 않았다.

"뭐든 좋네. 바르카 왕자님만은 어떻게든⋯⋯."

필리온이 고개를 떨궜다. 그는 이미 자신의 영혼을 걸고 거짓말을 했다.

"나는 이해가 안 돼. 필리온 경, 어째서 그런 철부지를 지키려고 이렇게까지 하는 거지?"

"그분은 왕족이고 왕국의 후계자이시지. 그것만으로도 충성을 바치기에 충분하네, 유릭."

"아니, 내가 보기에 그냥 바보짓일 뿐이야. 바크만! 형제들이 몇 명이나 죽었지?"

유릭이 쓰게 웃었다. 그는 뒤를 돌아보며 바크만에게 물었다.

"죽은 놈은 세 명. 어, 아니, 네 명이네. 방금 한 놈 또 꼴까닥했어."

유릭이 그 말을 듣고는 다시 필리온을 바라봤다.

"왼손잡이야? 오른손잡이야?"

필리온은 그 말을 듣고는 자신이 어떤 꼴을 당할지 직감했다. 그가 장갑을 벗으며 손을 내밀었다.

"오른손이네."

유릭의 도끼가 빙글빙글 돌았다. 필리온은 눈을 감고 다가올 고통을 받아들였다.

콰직!

필리온의 오른쪽 손가락이 하나씩 잘려 나갔다.

"음."

필리온이 필사적으로 신음을 참았다. 손가락이 바닥에 하나씩 떨어졌다.

"피, 필리… 온 경."

파헬이 그 광경을 바라보며 눈물을 흘렸다. 그가 주저앉았다.

"괜찮습니다. 왕자님. 거기 계십쇼."

필리온이 땀을 뻘뻘 흘리면서도 웃었다. 그의 오른손은 엄지 하나만 남아 있었다. 괴이한 꼴이었다.

"이, 이제 끄, 끝났나."

필리온이 오른손을 지혈하며 부들부들 떨었다. 유릭이 바크만을 보며 재차 외쳤다.

"바크만, 부상자는 몇 명이야? 확실하게 피가 철철 나는 놈들."

"얼추 붕대 감은 놈은 다섯 명?"

필리온의 얼굴이 창백했다. '아직 피가 부족해'라고 유릭의 얼굴이 말하는 듯했다.

"내 형제들이 흘린 피만큼은 흘려야지. 안 그래?"

유릭이 즐기듯 말했다. 그 섬뜩한 미소에 필리온의 오금이 떨렸다.

찌익.

유릭이 필리온의 등에 칼자국을 냈다. 칼이 느릿하게 살을 갈라서 고통이 선명했다. 핏빛 상처 다섯 줄이 필리온의 등줄기를 따라 길게 이어졌다.

"필리온 경!"

주변 호위기사들이 필리온을 부축했다. 필리온의 얼굴이 창백했다.

"부디 왕자님을 계속 호위해 주게."

필리온이 얼굴을 땅바닥에 찧으며 말했다. 그 기세에 용병들조차 질린 듯이 혀를 내둘렀다.

"이, 이런 자들의 호위는 필요 없어! 필리온 경! 우리끼리 가면 돼! 경이 나를 지켜주면 되잖아!"

파헬이 외쳤다. 그는 유릭과 용병들을 증오했다. 자신의 충신을 저 꼴로 만든 유릭을 당장이라도 죽이고 싶었다.

모든 형벌을 견뎌낸 필리온이 비틀거리며 파헬의 앞까지 걸어갔다. 그가 손을 높게 들었다.

"무례를 용서하십쇼, 왕자님."

짝!

파헬의 입에서 핏물이 튀어나왔다. 필리온이 기력을 짜내 인정사정없이 파헬의 뺨을 쳤다.

"필, 필리온 경? 감히 나, 나를 쳐?"

짝!

필리온이 다시 한번 손찌검을 했다. 파헬의 뺨이 붉게 부어올랐다.

"현실을 보십쇼! 왕자님. 우리의 힘만으로 살아서 이 왕국을 벗어날 수 있을 거라 생각하십니까? 제 손가락만이 아니라, 제 목을 바치더라도 불가능한 일입니다."

필리온이 오른손을 내밀며 말했다. 아직도 핏물이 뚝뚝 떨어진다. 잘린 단면에서는 하얀 뼈가 보이며 분홍빛 근육이 경련했다.

"우읍!"

파헬이 고개를 숙이며 구역질을 했다. 눈물과 콧물이 구토에 섞여 떨어졌다.

'이런 상황에서 용병단을 만난 건 천운이었다. 그야말로 루의 인도라고밖에 말할 수 없지. 어차피 용병단을 고용하지 않았다면 추적대에 진작 당했을 거야.'

필리온이 담담하게 고통을 참아내며 생각했다. 이런 파국을 맞이했지만 그는 자신의 선택이 틀리지 않았다고 믿었다.

포를카나는 조용한 소왕국이다. 용병단이 들르는 일은 드물다. 추적대를 떨쳐 낼 정도의 무력을 가진 용병단을 만난 것 자체가 기적이었고, 어떤 거짓말을 해서라도 붙잡았어야 했다.

"나는 의뢰를 계속 수행하려고 하는데. 이의가 있으면 지금 말해. 아니면 전통대로 다수결로 가자고."

유릭이 용병들을 둘러보며 말했다. 용병들이 웅성웅성 떠들었다.

"이미 추적대를 걷어냈잖아. 왕족 호위라고. 대가가 엄청날 거야."

"무슨 일인지는 정확히 알고 해야지. 왜 왕자님이 자국에서 쫓기고 있는 건데?"

"그냥 돈이나 뺏고 죽여. 우리 갈 길이나 가자고."

용병들 사이에서 말이 많았다. 아직은 고용주를 죽이고 약탈하자는 의견이 다수였다.

파헬은 어지러웠다. 용병들의 목소리가 중간중간 들렸다. 쇠붙이들이 부딪치는 소리에 가슴이 떨려왔다.

'이대로라면 나는 죽는다.'

필리온에게 얻어맞은 뺨이 얼얼했다. 현실감이 없었다. 부왕한테서도 뺨을 맞아본 적이 없었다.

달그락.

파헬의 입안에서 뭔가가 걸렸다.

"퉷."

땅바닥에 뱉어보니 부러진 이였다.

'왕족을 때려 이까지 부러트리다니. 대단한 충신이로군, 필리온 경.'

갑자기 웃음이 나왔다. 파헬이 얼룩진 입가를 닦았다.

"…내 이름은 바르카 아누 포를카나."

실컷 구토를 한 파헬이 고개를 들었다. 그는 주먹을 깊게 쥐며 이를 악물었다. 용병들이 그를 쳐다봤다.

"나는 이 왕국의 적통 후계자다. 하지만 왕국의 섭정이자 내 숙부인 하르마티 공작이 왕좌를 노리고 있지. 부왕께서는 일 년째 의식불명에서 깨어나지 않으셨기에, 내가 16세가 된다면 왕위는 내게 넘어오게 된다. 섭정인 하르마티 공작은 내가 16세가 되기 전에 나를 죽이고 싶어 하지. 유일한 적통 후계자인 내가 없으면 왕좌는 자연히 현재 섭정이자 왕의 형제인 하르마티 공작에게로 가거든."

의뢰의 맥락은 크게 다를 게 없다. 다만 일개 귀족 가문에서 왕가의 분쟁으로 규모가 커졌다.

"내가 제국에서 16세 성인식을 마치고, 제국군의 호위를 받아 왕국으로 돌아간다면 하르마티 공작도 내게 손을 대지 못한다. 누가 뭐래도 난 유일한 포를카나의 적통 후계자니까! 내가 왕위를 이어받는다면……."

파헬이 필리온을 한 번 쳐다봤다가 다시 용병들을 바라봤다.

"포를카나의 국왕이라는 위치에 걸맞은 보상과 대접을 너희들에게 하겠다. 태양신 루의 이름에 대고 맹세하지."

파헬이 자신의 태양 펜던트를 꺼내더니 거기에 입을 맞췄다. 신에게 한 맹세를 어기면 사후세계에서 영원한 고통을 받게 된다. 맹세를 어긴 필리온의 영혼은 이미 타락한 셈이다.

'자애롭고 관대하신 루여. 필리온 경의 충성심을 헤아려 주시고, 그 죄를 용서하시옵소서.'

파헬은 정신이 번쩍 들었다. 필리온이 어떤 희생을 치렀는지 깨달았다. 육체의 손실은 아무것도 아니다. 진정한 희생은 사후세계에서 겪을 영원한 고통이다. 필리온이 루의 용서를 받지 못한다면 영혼은 구원받지 못하고 이승을 떠도는 악귀가 된다.

"들었나? 차기 국왕께서 루의 이름을 걸고 보상을 약속한다고 하는군."

유릭이 실실 웃었다. 고용주를 죽이고 약탈하자는 의견이 점차 수그러들었다.

'인생을 바꿀 기회다.'

그런 건 쉽게 찾아오지 않는다. 평생 진흙탕을 뒹굴다가 죽는 게 인간의 인생이다.

"왕족 나리가 약속하신 거니 난 의뢰를 계속하고 싶어."

"나도."

"혹시 보수로 농사지을 땅이라도 떼어 주는 건가? 왕이니까 그 정도는 해주겠지?"

용병들이 하나둘씩 손을 들었다. 파헬이 모든 보상을 약속했다. 돈을 원하는 자에게는 돈을 주고, 땅을 원하는 자에게는 땅을 주겠다고 말했다.

필리온과 호위기사들이 안도의 한숨을 내뱉었다. 그들은 살아남았다.

"바로 그겁니다. 잘하셨습니다, 왕자님."

필리온이 왼손으로 파헬의 머리를 쓰다듬었다. 파헬이 용병들을 끝까지 무시하면서 보상을 맹세하지 않았다면, 화가 난 용병들이 필리온과 파헬을 죽였을 것이다.

"필리온 경, 경의 충정은 반드시 보상해 주지. 내가 왕이 된다면 억만금을 들여서라도 교황에게 경의 면죄부를 청하겠어. 경의 영혼이 이승을 떠돌게 내버려 두지 않을 거야. 루의 이름에……."

필리온이 파헬의 말을 막으며 고개를 저었다.

"루의 이름 앞에서 하는 맹세는 서로를 믿지 못하는 자들끼리 하는 겁니다. 제겐 왕자님의 약속 한마디면 충분합니다."

파헬이 가슴에 두 손을 모으며 울먹이듯 입을 열었다.

"루가 아닌 내 이름을 걸고 약속하지."

필리온은 호위기사에게 치료를 받았다. 호위기사가 필리온의 등에서 말라붙은 피를 닦아내고 연고를 발랐다.

"상처가 출혈에 비해 의외로 얕군요."

호위기사가 말했다. 필리온이 등을 접었다가 폈다.

'피부만 찢어졌다. 근육은 멀쩡해.'

등이 길게 찢어져서 심한 상처처럼 보일 뿐이었다. 실제로는 큰 부상이 아니었다.

'유릭. 영리한 사내로군.'

필리온은 유릭에 대한 평가를 다시 했다. 생각 이상으로 잔머리가 잘 굴러가는 사내였다.

'하지만 아직도 이해가 가지 않아. 유릭은 내 거짓말을 알아챘지만, 의뢰를 계속하고 싶어 했지. 의뢰를 계속 하고 싶었다면 내 거짓말에 눈을 감으면 될 일이었다.'

유릭의 행동은 모순적이었다.

저벅.

식사를 마친 유릭이 필리온에게 다가왔다. 필리온이 호위기사들에게 손짓하자 호위기사들이 자리를 비켰다.

"피를 많이 흘렸을 텐데 가서 고기라도 먹으라고."

유릭이 태연하게 남의 일처럼 말했다.

"나를 고문한 상대에게 이런 말을 하는 게 웃기지만, 고맙네. 유릭."

필리온이 고개를 살짝 숙이며 예를 표했다.

"거짓말한 건 이해해. 처음부터 왕족인 걸 밝혔다면 우리 형제들은 이번 일을 맡지 않았을 거야. 거짓말을 했기에 우리가 여기까지 일을 맡게 된 거지. 결론적으로 댁의 판단은 옳았어."

유릭이 키득키득 웃었다. 처음에 적극적으로 한탕을 해보자고 말했던 도노반조차 파헬이 왕족인 걸 알고 잽싸게 손을 떼려고 했다. 그만큼 왕족이 얽힌 일은 위험하고 복잡했다.

'이미 발을 반쯤 들여놓았기에 일을 계속하자고 설득이 가능했던 거지.'

유릭이 필리온의 오른손을 물끄러미 바라봤다. 오른 손가락을 네 개나 잃었기에 전사로는 끝난 인생이다.

"나를 너무 원망하진 마. 신의성실을 어긴 건 어긴 거지. 의뢰 내용이 사실과 다른 건 용병의 태도가 돌변해서 고용주를 죽인 거와 다를 바 없다고. 내가 도련님 머리통을 바로 쪼개더라도 할 말이 없는 상황이었어."

유릭이 코를 후비며 말했다. 코안에는 피가 고여 있었다. 굵직한 피딱지를 모닥불에 튕겨 넣었다.

"원망 따윈 하지 않네. 이 정도로 끝난 거면 싸게 친 거지. 하지만 하나 물어봐도 되겠나?"

"안 된다고 하면 안 물어볼 거야?"

유릭의 넉살에 필리온이 아픈 몸으로 웃었다.

"왜 의뢰를 계속 맡고 싶어 하면서도 내 거짓말을 까발린 거지? 다시 말하지만 그걸 원망하는 건 아니네. 단지 궁금할 뿐이야."

"맞아. 난 이 의뢰를 계속 하고 싶어. 제국 수도까지 가 보고 싶거든. 특히 귀족 나리와 함께라면 세상의 중심이라는 제국 수도에서도 더 많은 걸 볼 수 있겠지. 이제는 왕족이니까 세상의 주인이라는 황제도 볼 수 있는 거 아니야? 그렇지?"

유릭의 말이 빨라졌다. 그의 눈동자가 소년처럼 빛났다.

"원한다면 알현하는 동안 멀리서라도 황제를 볼 수 있게 해 주겠네."

"내가 본 귀족들의 집과 성도 그렇게 대단했는데, 황제라면 더욱더 대단하겠지. 제기랄. 거기엔 엄청난 게 잔뜩 있을 거야."

유릭이 자신의 무릎을 쿵쿵 때리며 웃었다. 유릭에게 보물이 된 제국강철검도 제국 황실의 공방에서만 나오는 무기다.

'도대체 이 사내는…….'

필리온은 유릭의 열망을 느꼈다. 어린애 같은 순수한 욕망이었다.

"제국 수도에는 꼭 가 보고 싶어. 귀족과 함께라면 말할 것도 없고. 하지만 말이야, 나는 내 욕망을 위해서 형제들을 배신하거나 속이진 않아. 그것뿐이야. 나는 댁이 신의성실을 어긴 걸 눈치챘었고, 형제들에게 그걸 말해야 하는 의무가 있었어."

복잡한 이유 따윈 없었다. 유릭은 솔직했다.

제국 수도를 보고 싶다는 욕망에 대해 거짓말을 하지 않았고 형제들에 대한 도리도 어기지 않았다.

'단순하고도 명쾌하군.'

필리온의 머리가 맑아졌다.

'이 사내라면 믿을 수 있다. 야만인이라도 맹세와 도리를 지킬 줄 아는 사람이야. 신의 이름을 걸고 태연하게 거짓말을 하는 나 같은 놈보다 루의 사랑을 더 받겠지.'

웃기는 일이었다. 자신의 손가락을 자른 상대에게 호감을 느꼈다.

Chapter 5

용병단은 산길을 벗어나 평지에 도착했다. 용병들의 얼굴이 훨씬 편해졌다.

"하르마티 공작은 지금 포를카나 왕국을 섭정해 다스리고 있지."

필리온이 유릭에게 말했다.

"그러니까 하르마티 공작이 왕의 동생이고, 섭정인가 뭔가를 하면서 이 왕국을 다스린다는 거잖아. 그러면 왕이나 마찬가지인 거 아니야?"

"하지만 승계의 우선권은 바르카 아누 포를카나, 우리 왕자님에게 있네. 왕자님이 사라져야만 하르마티 공작이 왕이 될 수가 있지."

필리온이 말하자, 파헬이 분을 삼키듯 말했다.

"그렇다. 내가 바로 이 왕국의 정당한 후계자지. 내가 성인이 된다면 반역자 하르마티 공작도 내게 왕위를 넘길 수밖에 없어."

파헬이 이를 바득바득 갈았다. 자신의 숙부에 대한 원망이 가득했다.

"정당성이니 뭐니 어려운 말을 하는군. 그냥 강한 사람이 왕이 되면 그만 아니야?"

유릭은 이해가 되지 않았다. 그의 부족에서는 가장 강한 전사가 부족장이 된다. 설사 부족장의 아들일지라도 더 강한 전사가 족장의 자리를 요구하면 넘겨줘야 한다.

'내가 고향에서 족장 아들과 매번 다툰 것도 그 때문이지. 내가 족장 자리에 욕심이 없을지라도 최고의 전사가 족장이 되기 때문에……'

유릭이 계속 고향에 있었다면 아마 족장이 되었을 터다. 유릭도 자신의 운명을 내심 알았다. 그는 족장이 될 수밖에 없는 전사였다.

'내 운명은 하늘산맥에서 바뀌었어.'

유릭은 자신의 운명을 스스로 개척했다고 생각했다.

"매번 왕좌가 공백일 때마다 강한 자가 왕이 된다고 생각해 보게. 끔찍한 일이지!"

필리온이 몸서리치며 말했다. 유릭이 눈을 깜빡였다.

"왜 끔찍한데?"

"왕이 죽을 때마다 왕국이 분열될 걸세! 힘이 있다는 영주들이 전부 자신이 왕이라고 주장하며 피비린내 나는 내전을 벌이겠지. 그래서 왕은 정당한 후계자가 필요한 거네. 누구도 부정할 수 없는 적합한 혈통!"

그 말을 들은 유릭이 웃었다.

"그러면 그 영주들끼리 일대일로 칼 들고 싸워서 이기는 놈이 왕이 되면 되잖아. 뭐가 문제야?"

옆에 있던 용병들도 낄낄 웃었다.

"그건 미개한 야만인들이나 그러는 거지! 왕에게 필요한 능력은 칼 따윌 휘두르는 기술이 아니네! 왕국을 다스릴 고결한 지성이 필요한 거지."

필리온이 답답하다는 듯이 외쳤다. 유릭이 파헬을 쳐다봤다.

"오줌이나 찔찔 흘리고 다니는 도련님에게 고결한 지성이 있다고? 하핫."

"무, 무엄하다! 용병대장 유릭! 나, 나는!"

파헬이 붉어진 얼굴로 외쳤다.

"'나는 고결한 신분이다!'라고 말하려고 그랬지?"

유릭이 말을 따라 하듯 비웃었다.

"매, 맹세만 아니었으면 네놈을 당장 왕족 모욕죄로 죽였을 거다!"

파헬이 버럭버럭했다.

"유릭, 왕자님을 너무 놀리지 말라고."

바크만이 창대로 자신의 어깨를 툭툭 두드리며 말했다.

용병단은 한결 여유가 있었다. 평지로 내려오자 표정이 다들 편해졌다.

"추격대가 다시 오더라도 한참은 걸리겠지. 하르마티 공작도 추격대가 당할 거라곤 예상하지 못했을 걸세. 어쩌면 이대로 제국 수도까지 안전하게 갈 수 있을 수도 있네."

필리온이 뒤를 보며 말했다.

"도노반, 포를카나 왕국의 국경까지는 얼마나 남았지?"

지도 담당은 도노반이다. 그는 지도를 펼치더니 대충 거리를 쟀다.

"이틀 정도."

"국경을 빠져나가면 도시에 들르자고. 거긴 괜찮지?"

유릭이 필리온에게 물었다. 포를카나 왕국령에서는 도시에 들르지 못했기에 보급도 없이 계속 걸었다. 지친 몸을 달랠 술도 떨어지고 여자를 그리워하는 목소리도 많았다.

"하르마티 공작의 영향이 닿는 곳은 왕국뿐이네. 왕국만 벗어나도 절반은 해낸 거지. 그나저나 왕자님의 체력이 걱정되는군. 자네들은 비웃을지 모르나 왕자님은 지금 최선을 다하고 있네. 평생 이렇게 걸어본 적도 없으신 분이 이를 악물고 뿌득뿌득 자네들을 따라가고 있지."

필리온이 뒤처지는 파헬을 보며 말했다. 유릭이 웃었다.

"댁의 도련님이 생각보다 근성은 있군."

"저런 면은 국왕폐하를 닮으셨지. 다만 왕자님의 쌍둥이 누이이신 다미아 공주님께서 워낙 괄괄한 성정이신지라, 함께 자란 왕자님이 유약해진 면이 있지."

"그러면 누이를 놔두고 혼자 왕성을 빠져나온 건가? 위험하지 않아?"

"여자는 왕위를 계승하지 못하네. 하르마티 공작이 조카인 다미아 공주님을 건드려서 이득 볼 건 하나도 없어."

산을 완전히 내려가자 평야가 나왔다. 풀들이 낮게 자라 있었다.

"말이다."

앞서가던 용병들이 외쳤다. 그들은 말 무리를 발견했다.

"야생마들이로군."

한가롭게 풀을 뜯는 말들이 보였다. 인간의 손에서 벗어난 야생동물이었다.

"저 말을 잡는 게 좋겠네."

필리온이 그렇게 말하며 호위기사들에게 신호를 보냈다. 호위기사들이 갑옷을 벗고 밧줄을 준비했다. 그들은 야생마를 포획할 생각이었다.

"저 양반들 뭐 하는 거야? 야생마라고. 포획해 봤자 탈 수 없어."

용병 몇 명이 외쳤다. 호위기사들이 자세를 낮추며 야생마 무리에 접근했다.

"우린 구경이나 하자고."

유릭이 흥미롭게 바라봤다. 그는 말을 타본 적이 없었다. 산맥을 넘기 전까지는 말을 타고 다닌다는 발상 자체를 못 했다.

"잡았다!"

호위기사가 말의 목에 밧줄을 걸었다. 붙잡힌 말이 날뛰지만, 호위기사들이 양옆에서 밧줄을 당겼다. 주변에 몰려 있던 다른 말들이 우르르 흩어지며 도망갔다.

"워! 워!"

호위기사들은 말의 힘이 빠질 때까지 힘겨루기를 했다. 검은색 말이 콧김을 씩씩 뿜으며 사납게 몸부림쳤다.

"잘했어, 르핀 경."

파헬이 호위기사의 공을 치하하며 말고삐를 준비했다.

"지금 길들여서 탈 생각인 거야? 왕자님, 그러다가 낙마한 다고."

지켜보던 용병들이 말했다. 파헬이 코웃음 치며 앞으로 나아갔다.

"난 못 탄다에 10만 씰."

"나도."

"뭔가 자신이 있으니 저러는 거겠지. 나는 탄다에 5만 씰."

어느새 용병들이 앉아서 내기판을 벌렸다.

유릭은 필리온과 파헬을 번갈아 봤다. 그들 사이에서 흐르는 묘한 자신감을 느꼈다.

"나는 도련님이 탄다에 30만 씰."

유릭이 내기판에 돈을 걸었다. 내깃돈을 받던 바크만이 웃었다.

"유릭, 대장이라고 무르기 그런 거 없어. 진짜 30만 씰?"

"그래."

유릭이 팔짱을 끼며 대답했다. 그는 말에게 접근하는 파헬을 쳐다봤다.

"후우."

파헬이 말에게 다가갔다. 지친 말이 콧김을 뿜으며 파헬을 바라봤다. 양옆에서 호위기사들이 여전히 말이 날뛰지 못하도록 밧줄을 잡고 있었다.

"왕자님, 조심하십쇼."

호위기사가 말했다.

"괜찮아."

파헬의 푸른 눈동자가 빛났다. 그는 천천히 야생마의 갈기를 매만졌다.

푸르륵.

야생마라고 하지만 본질은 인간이 개량한 말이다. 진짜 야생종이 아니기에 인간에게 복종하는 습성이 남아 있었다. 그걸 끌어내는 과정이 길들이기다.

"워, 워. 괜찮아. 괜찮아."

파헬이 속삭이듯 말했다. 말이 눈꺼풀을 깜빡이며 파헬을 쳐다봤다.

"진정해. 우린 친구가 될 수 있어."

파헬은 말의 눈동자를 계속 응시했다. 야성이 사라지고 순한 빛이 감돌았다.

"놓아도 돼."

파헬이 다른 호위기사들에게 말했다. 호위기사들이 밧줄을 놓았다.

"역시 바르카 왕자님이시군."

호위기사들이 예상했다는 듯이 말했다. 그들은 파헬을 잘 알고 있었다.

"거의 성공 직전인데?"

용병들이 멀리서 웅성거렸다.

"왕자님은 왕국에서도 내로라하는 말 애호가이시네. 자신의 전용 마구간까지 만들어서 백마부터 흑마까지 종류별로 있지. 말을 길들이는 것부터 승마 실력까지 대단하시지."

필리온이 자식 자랑을 하듯 말했다.

"대단한걸."

유릭이 감탄했다. 야생마를 길들이는 파헬의 모습을 보자 사람이 달라 보였다.

"네 이름은 킬리오스다."

파헬이 말의 귓가에 속삭였다. 그는 천천히 말의 머리에 고삐를 씌우고 안장을 얹혔다.

말을 탄 파헬이 걷기부터 시작하다가 금방 주변을 한 바퀴 돌았다. 어느새 말과 하나가 된 듯이 힘차게 달렸다.

"평생 말을 다룬 마구간지기도 저런 건 못하지!"

필리온이 말을 타고 돌아오는 파헬을 마중했다.

"이야, 멋진걸. 도련님."

"야생마를 이렇게 쉽게 길들이다니. 왕이 되지 못하더라도 이런 재주가 있으니까 굶어 죽진 않겠어?"

용병들이 내깃돈을 분배하며 말했다.

"제기랄. 유릭, 돈 받아. 뭐 해?"

바크만이 유릭의 어깨를 툭툭 치며 금화를 내밀었다. 유릭은 바크만의 말이 들리지도 않는 듯했다.

'말을 타는 게 저렇게 멋있다니!'

유릭은 멍하니 말에서 내리는 파헬을 바라봤다. 가슴속에서 무언가가 팍 하고 튀어나오듯 했다.

말은 단순한 이동 수단이 아니었다. 유릭은 교감을 통해 인간과 말이 하나가 되는 과정을 보고 말았다.

"파헬."

유릭이 파헬의 앞에 섰다.

"무, 무슨 일이지? 서, 설마 또 내 말을 때려죽이려는 건 아니겠지?"

파헬이 잔뜩 겁을 집어먹으며 말했다. 그 일이 꽤나 뇌리에 깊게 남은 듯했다.

"그건 사과하지. 부탁이 하나 있어."

"부탁?"

"내게 말을 타는 법을 가르쳐 줘. 말타기만큼은 네 기술이 최고로군."

유릭의 순수한 칭찬에 파헬이 어쩔 줄 몰라 했다. 그가 놀란 듯이 유릭을 바라봤다.

'이건 기회다. 이 망할 야만인에게 내가 누군지 가르칠 기회!'

파헬의 동그란 눈동자가 서서히 가늘어졌다. 그가 입을 가리며 킥킥 웃었다.

"물론이지. 가르쳐 주고말고. 하지만 내 가르침은 엄하다고. 각오해 둬."

"왜 이렇게 둔해빠졌어? 그러고도 몸을 쓰는 전사야? 어?"

파헬이 외쳤다. 저녁을 먹기 전에 시간을 내서 파헬이 유릭에게 말 타는 법을 가르쳤다.

"내가 둔해빠진 게 아니라, 저놈이 날 밀어내잖아."

땅바닥에 넘어진 유릭이 말을 바라봤다.

"놈이 아니라 킬리오스라는 이름으로 불러. 말도 귀가 있다고."

파헬이 지적하며 팔짱을 꼈다. 그의 입가에 웃음이 끊이지 않았다.

'너 같은 놈은 말을 쉽게 타지 못하지.'

파헬은 유릭이 말타기를 쉽게 배우지 못하리라 생각했다.

'너무 분위기가 사나워.'

유릭은 존재만으로도 주변을 불편하게 만드는 사내다. 몸에서 풍기는 날카로운 기운이 남달랐다.

'그게 싸움질에서는 독보적인 힘일지 모르지만, 승마에서는 아니지.'

말은 예민한 동물이다. 심지어 머리마저 좋다.

'그 분위기를 누그러트리지 못한다면……. 사람 손에 잘 길들여진 말이라면 모를까, 킬리오스는 죽어도 못 타.'

파헬이 킬리오스를 진정시키며 유릭을 바라봤다.

"그냥 포기하는 게 좋겠어. 너는 말을 타기에 너무 둔해."

"농담이지? 내가 둔하다고?"

유릭이 어처구니가 없어서 웃었다. 그가 킬리오스를 바라봤다.

'빌어먹을 짐승 같으니. 저런 도련님은 태우면서 나는 거부해?'

자존심이 구겨졌다. 오기가 바짝바짝 솟아났다.

"잘 봐. 이렇게 사뿐히 올라타서 툭툭 쳐 주면 된다고. 옳지, 옳지. 잘한다, 킬리오스."

파헬이 날렵하게 킬리오스 위에 올라탔다. 그가 검은 갈기를 쓰다듬으며 킬리오스에게 애정을 쏟았다.

푸르륵.

킬리오스가 기분이 좋은지 앞발로 땅을 가볍게 훑었다. 하루를 같이했다고 믿기지 않을 정도로 교감이 깊었다. 이건 파헬의 타고난 재주였다.

'어째서? 파헬에게 저렇게 순종적인 거지?'

유릭은 이해가 되지 않았다.

"오늘은 여기까지 하자고, 유릭. 내가 킬리오스를 좀 더 길들이면 너 같은 둔탱이도 탈 수 있을지도 모르지."

유릭의 속이 부글부글 끓었다.

파헬이 유릭의 처진 어깨를 바라보며 웃었다. 통쾌하다 못
해 체증이 싹 내려가는 기분이었다.

"제기랄. 망할 짐승 새끼!"

용병들 사이로 돌아간 유릭이 길길이 날뛰었다. 갖고 싶은
걸 갖지 못했다.

"오늘 낮까지만 해도 야생마였던 놈을 초짜가 탈 수 있을
리가 없지. 당연한 거네, 유릭."

스벤이 유릭을 위한 자리를 만들며 말했다.

"저 도련님은 잘만 타잖아. 나라고 못할 게 없지."

유릭은 뭘 하든 남보다 뒤처진 적이 없었다. 그의 육체는 축
복받은 거나 마찬가지였다. 남들보다 뭐든 잘했다.

"자네는 힘이 강하고 순발력도 좋아. 타고난 전사지. 그걸
가지고 남들이 '나도 유릭처럼 할 수 있다고!'라고 말하던가?
사람은 각자 타고난 재주가 다른 걸세. 타고난 무언가를 질투
해 봐야 의미가 없지."

스벤이 차분히 말했다. 그는 한 손으로 뜨거운 고깃덩어리
를 쥐고, 다른 한 손으로는 칼을 들어서 고기를 잘랐다.

"하지만 나도 말을 잘 타고 싶다고."

유릭이 아이처럼 칭얼거렸다.

"숙련된 기술을 얻는 건 하루아침이 되는 게 아니야. 자네도 잘 알고 있을 텐데? 전사의 기술이 어디 하루아침에 얻어지던가? 그저 사람을 베는 만큼 늘 뿐이지."

유릭이 입을 다물었다. 할 말이 없었다.

'너무 성급했나.'

유릭은 내심 파헬을 우습게 봤다. 자신보다 못한 인간이라 여겼다.

'파헬도 할 수 있는 걸 내가 못할 리가 없다고 생각했어.'

차분하게 돌아보니 오만한 생각이었다.

'고트발이 싸움을 할 줄 모른다고 해서 나보다 못한 사람이던가?'

유릭은 모닥불을 보며 생각했다.

'스벤은 경험이 많아. 말에 뼈가 있고 신중하지. 하지만 전사로서는 그 누구보다 화끈해. 차가움과 뜨거움을 둘 다 갖춘 전사지.'

'바크만은 말재주가 있어. 눈치도 빠르고 분위기를 주도할 줄 알지. 싸움은 그닥이지만 말이야.'

'도노반은 성격이 더럽지만 자기 사람만큼은 잘 챙겨주지. 군 시절 경험이 있어서 지휘도 잘하고, 싸울 때는 도움이 돼.'

유릭이 파헬을 바라봤다. 파헬은 말을 나무에 묶어두곤 자리에 앉았다.

'파헬은 싸움도 못하고, 성격도 더럽고, 경험도 없고, 신중하지도 못하지만…… 적어도 말만큼은 잘 타는군.'

파헬이 유릭의 시선을 느끼곤 의기양양하게 쳐다봤다.

"왜? 벌써 말 타는 걸 포기하려고?"

파헬이 말하자 유릭이 웃으며 고개를 저었다.

"아니, 계속 배울 거야. 그나저나 넌 대단한 사람이야. 그렇게 말을 잘 타다니. 역시 고귀한 신분다워."

파헬은 어쩐지 칭찬을 듣고도 기분이 언짢았다.

유릭은 자리에 앉아서 킬리오스를 쳐다봤다.

푸륵.

킬리오스가 유릭을 보며 콧김을 내뿜는다. 경계하는 태도였다.

"파헬에게만 순종적이로군."

유릭만 타지 못하는 게 아니었다. 말 좀 탄다는 용병들도 킬리오스의 등에 올라가지 못했다.

"야생마는 야생마네. 그 도련님에게도 이런 재주가 있다니."

킬리오스를 타지 못한 용병들이 한마디씩 하고 지나갔다.

"유릭, 너도 포기하는 게 좋아. 아무나 탈 수 있는 말이 아니라고."

"시끄러."

유릭은 아직도 미련을 떨치지 못했다.

'제길. 솔직히 멋있었어.'

아직도 뇌리에 선명했다. 야생마를 단숨에 길들여서 질주하던 파헬의 모습.

'나도 말을 타고 싶다.'

마구간에서 태어나고 자란 말이 아니라, 생명력이 넘치는 야생마가 타고 싶었다.

꿈틀.

심장이 요동친다. 킬리오스의 야성에서 생명력이 느껴졌다.

"킬리오스."

유릭이 읊조렸다. 말이 자신의 이름을 안다는 듯이 고개를 들었다.

"말은 머리가 좋아. 우리가 하는 말을 알아듣는다고."

파헬이 그렇게 말했었다.

"오늘도 글러먹었군."

유릭이 자리에서 일어섰다. 그는 섣불리 킬리오스를 타려고 하지 않았다.

'킬리오스가 나를 거부하고 있어.'

일단 친해지는 게 먼저였다. 유릭은 종종 킬리오스 옆에서 시간을 보냈다.

푸를.

유릭에게 새침하게 굴던 킬리오스였으나, 파헬이 오자마자 태도가 돌변했다.

"도시에 가면 편자를 박아주마."

파헬이 말의 상태를 살폈다.

'어린 수컷이야. 덩치도 크고 말굽도 건강해. 좋은 말을 잡았어.'

파헬은 말 전문가다. 그는 킬리오스가 좋은 말이라는 걸 알았다. 품종 관리가 안 된 야생마인데도 덩치가 크고 힘이 셌다. 군마로 써도 될 정도였다.

"그냥 왕을 숙부에게 넘겨 버리고 말이나 키우는 게 어때? 그게 적성에 더 맞는 것 같은데?"

유릭이 말했다.

"말을 잘 다루는 것도 제왕의 덕목 중 하나다."

"싸움은 못하면서?"

"왕이 칼을 들고 선두에 서서 뭐 하려고? 검술은 교양 수준만 있으면 돼. 왕에게 필요한 덕목은 그런 게 아니니까."

"스스로 목숨을 걸지도 않으면서 남에게 목숨을 걸고 싸우라고 말하다니. 웃기는 일이로군. 그런 사람의 명령에 따라 목숨을 바치는 놈들도 이해가 가지 않아."

유릭이 웃었다.

"야만인은 평생을 가도 이해하지 못하겠지. 혈통과 신분, 그리고 충성심의 고결함을."

파헬은 왕가의 혈통이라는 자부심이 있었다. 그는 적통 후계자임을 자랑스레 여겼다.

"맞아. 평생을 가도 이해하지 못할 거다. 그런 이상한 제도 따윈."

파헬의 눈동자가 날카롭게 변했다. 그는 유릭을 바라봤다. 증오와 분노, 그리고 조그마한 호의가 뒤섞인 눈동자였다.

"필리온 경이 자네를 좋아하더군. 자신의 손가락을 자른 장본인인데 말이야. 난 제일 처음에 필리온 경의 머리가 어떻게 된 거라고 생각했지."

"내 형제 네 명이 거짓 의뢰 때문에 죽었다. 손가락이면 싸게 친 거지."

"필리온 경도 그 말을 하더군. 싸게 친 거라고."

파헬이 이를 바득 갈았다. 필리온은 이제 기사로서는 끝났다. 차라리 왼손이면 모르겠지만 오른 손가락이 네 개나 사라졌다. 이제 와서 왼손 검법을 익히기에는 나이도 많았다.

"그래서 불만인가?"

"불만은 많지만 나는 맹세했다. 내가 왕이 되면 너희들에게 후한 보상을 할 거야. 어떤 보복도 하지 않아. 나는 고결한 신분. 내 맹세의 가치는 그만큼 무겁지."

파헬이 킬리오스 위에 올라탔다. 그가 유릭을 내려다보며 말을 이었다.

"용병대장 유릭, 보상으로 가지고 싶은 걸 생각해 둬라. 금은보화를 잔뜩 들고 가서 금의환향이라도 하든지."

파헬이 맑게 웃으며 킬리오스의 옆구리를 발로 찼다. 킬리오스가 부드럽게 고개를 돌리며 걸었다.

용병단은 야영지를 정리하고 출발했다. 국경까지는 이틀이 남았다.

"오늘을 걷고, 내일만 걸으면 탈출이네. 제기랄. 드디어 도시에 가는 건가."

"도시까지 가려면 사흘은 더 남았어. 꿈 깨서."

용병들이 한가로이 잡담을 했다. 그들은 인적이 드문 영지와 영지 간의 경계선으로 지나갔다.

"말을 타고 가니 살 것 같군."

파헬은 말 위에서 높은 공기를 마셨다. 말을 타는 것도 상당한 체력과 근력이 요구되는 일이다. 하지만 파헬은 승마에는 익숙했다. 발바닥이 찢어지면서 걷는 것보다야 훨씬 나았다.

따각, 따각.

드문드문 휴경지가 보였다. 쉬고 있는 땅들이었다.

"휴경지?"

유릭이 설명을 듣다가 반문했다. 그는 농사에 관심이 많았다.

"같은 작물을 매년 계속 심으면 땅이 힘을 잃어서 다음 해에는 작물이 제대로 자라지 못해. 그래서 땅을 아예 쉬게 하거나, 식량 사정이 여의치 않다면 땅의 힘을 많이 쓰지 않는 작물을 심어."

바크만이 말했다.

"그렇군. 그런 것까지 생각하면서 농사를 지어? 대단하네. 대단해."

유릭이 휴경지들을 바라보며 말했다.

"저쪽 농가 굴뚝에서 연기가 나는군요. 빵이나 곡물이라도 사 오겠습니다."

호위기사 중 한 명인 르핀이 말했다.

"좋은 생각이네, 르핀 경. 왕자님도 거친 음식에 지쳤을 테니까. 죽이라도 끓여 먹으면 좀 낫겠지."

필리온이 고개를 끄덕였다.

르핀이 농가와 접촉했다. 그는 10만 씰짜리 금화를 반으로 쪼개서 5만 씰을 지불했다. 농부 입장에서는 상당히 남는 거래였다. 거래를 마친 르핀이 빵과 곡물이 가득 찬 바구니를 들고 용병단에 합류했다.

"이쪽은 국경감시대가 있을 테니, 예정대로 우회해서 가는 게 좋겠어. 농부들이 쓰던 다리가 하나둘 정도는 있을 거야."

용병들은 점심을 먹으며 진로를 결정했다. 포를카나 왕국의 국경은 협곡과 강들로 이어져 있다. 국경을 넘으려면 다리를 통해서 건너가야 했다.

반나절을 더 걸은 용병단은 다시 야영을 했다.

"하핫, 둔탱이!"

"제기랄!"

유릭이 킬리오스의 등에 올라타려다가 떨어졌다. 파헬이 배를 잡고 웃었고 유릭이 주먹을 파르르 떨었다.

'그냥 확 패버릴까.'

유릭이 머리를 벅벅 긁었다.

오늘도 유릭은 킬리오스를 타지 못했다. 용병들은 '유릭이 오늘은 킬리오스를 탈 수 있을 것인가?'로 내기를 했다.

"빵죽이라니. 안 그래도 턱이 아팠는데, 잘됐어."

파헬이 냄비 앞에 앉으며 말했다. 파헬의 식사는 빵을 찢어 넣은 죽이었다. 왕실 음식을 먹고 자란 파헬에게 용병들의 음식은 너무 딱딱했다.

식사를 하던 용병들이 웅성거렸다. 그들은 멀리서 흔들리는 횃불을 알아차렸다.

"당신들은 누구요!"

야영지에서 얼마 떨어지지 않은 곳에서 누군가가 외쳤다. 우렁찬 목소리였다.

"용병단이오!"

용병 쪽에서 대답했다. 서로 가까이 접근하진 않았다.

"우린 국경감시대요! 어째서 여기서 야영을 하고 있는지 연유를 물어야 하겠소. 국경을 나가는 관문은 이쪽 방향이 아닐 텐데?"

국경감시대원이 외쳤다. 용병들 입에서 욕설이 하나둘씩 나왔다.

"놈들은 말을 타고 있어."

"어째서 국경감시대가 여기까지 순찰을 나온 거지?"

"운도 더럽게 안 좋지."

국경감시대원은 다섯 명이었다. 모두 말을 타고 있었다.

"대답하시는 게 좋을 거요. 도적으로 취급받기 싫으면 말이오."

시간을 끌면 국경감시대원이 더 이상하게 여길 뿐이었다.

"왕자님이잖아. 정체를 밝히면 무릎을 꿇지 않을까?"

"혹은 바로 잡히겠지."

용병들이 이야기하는 사이에 국경감시대원 두 명이 말을 타고 자기들 진영으로 떠났다.

"관문수비대를 끌고 올 걸세."

필리온이 말했다.

"관문수비대 규모는 어느 정도지?"

유릭이 질문하자, 필리온이 잠시 생각하더니 대답했다.

"여기서 가까운 오르켈 관문수비대라면 주둔군만 이백여 명이지. 말은 오십 정도 보유하고 있을 거네."

"해볼 만한걸. 우리가 도망가면 쫓아오는 인원이 오십여 명 정도라는 건가?"

유릭이 웃었다. 그가 벌써부터 피 냄새를 맡았다.

"군마는 지구력이 좋네. 두 명을 태우고도 금방 우리를 쫓아오겠지. 백 명과 싸워야 되네."

용병들이 웅성거렸다. 평지에서 말을 따돌리는 건 불가능하다. 어떻게든 충돌은 불가피했다.

용병들의 사기가 내려갔다. 용병들은 충성심이 있는 게 아니다. 그들은 살아남아서 돈을 받는 게 목적이다. 불리한 전투는 반기지 않았다.

"유릭, 용병들이 동요하고 있어. 싸우면 중간에 도망가는 놈들이 있을 거야."

바크만이 넌지시 말했다. 그는 언제나 용병들의 분위기를 빨리 읽어내 조언했다.

"내가 계책 하나를 제안해도 되겠나? 싸우지 않아도 되는 방법이 있네."

필리온이 말했다. 유릭과 용병들은 필리온을 쳐다봤다.

"싸우지 않아도 되는 방법?"

"국경감시대가 예민하게 구는 건 아마 왕자님의 행방불명 소식이 퍼졌기 때문일 가능성이 높네. 혹은 납치당했다고 거짓 정보를 퍼트렸을 수도 있지. 어쨌든 하르마티 공작의 공문이 여기저기 퍼질 시기가 되었지. 푸른 눈을 가진 청년을 찾으라고 말이지."

"예컨대 우리 도련님이 원인이라는 거지?"

"걸어서는 말을 떨쳐 내지 못하지만, 말을 타고는 말을 떨쳐 낼 수 있지. 지금 당장 왕자님이 출발한다면 말이야. 국경을 넘어서 도시 발그마에서 합류하세. 용병단을 검문하더라도 여기엔 왕자님 또래의 푸른 눈동자를 가진 사내가 없지. 괜히 오십 명의 전사와 분쟁을 일으키진 않을 걸세."

"괜찮은 방법이로군. 누가 도련님과 같이 가는 거지? 참고로 필리온, 당신은 안 돼. 아무래도 전적이 있으니 말이지."

"물론이지. 자네가 왕자님을 맡아주게, 용병대장 유릭."

필리온이 담담하게 말했다. 유릭의 눈동자가 커졌다.

"뭐라고? 난 용병대장이라고! 내가 도망간다는 게 말

이 돼?"

"스벤이 대장 흉내를 내면 되네. 오히려 중후한 생김새로 보면 스벤이 자네보다 더 용병대장 같지."

필리온이 스벤을 가리켰다. 그 말을 들은 스벤이 껄껄 웃었다.

"좋은 생각이로군. 난 찬성이다."

스벤이 말하자, 대부분의 용병이 고개를 끄덕였다. 승산이 희박한 싸움보다야 훨씬 나았다.

"난 내키지 않는다고. 도망가는 것 같잖아! 차라리 싸우⋯⋯."

유릭이 말을 하다가 용병들의 반응에 입을 다물었다. 서늘한 시선을 느꼈다.

모두가 유릭과 스벤 같았다면 여기서 항전을 택했을지도 모른다. 그들은 죽음을 의연하게 마주할 수 있는 전사들이니까. 하지만 용병들은 살아남아 돈을 받는 게 목적이다.

"유릭."

스벤이 단 한마디를 하며 고개를 저었다. 그 말에는 많은 의미가 있었다.

유릭이 땅을 걷어차며 인상을 찌푸렸다.

"제길. 파헬! 내가 킬리오스를 탈 수 있어?"

"지금부터 가르쳐 주지. 진짜로 말 타는 법을. 내 뒤에 타는 거라면 지금도 문제없어."

파헬도 적잖게 당황한 듯했다. 그는 불안한 눈으로 필리온을 바라봤다.

"유릭은 믿을 수 있는 사내입니다, 왕자님. 비록 야만인이지만, 태양신 루의 신자이며 맹세의 고귀함을 알고 있습니다."

필리온이 말했다. 파헬이 입술을 깨물며 고개를 끄덕였다.

"루의 빛이 경을 이끌어주길."

파헬과 유릭은 킬리오스를 이끌고 몰래 야영지를 빠져나갔다. 한밤중인 터라 흑마인 킬리오스는 더욱 눈에 띄지 않았다.

"검문을 받겠소!"

스벤이 외쳤다. 국경감시대원은 고개를 끄덕이며 야영지 근처로 서서히 접근하다가 일정 거리 이상 다가오지 않았다.

"곧 본대가 도착할 거요. 수상한 점이 없으면 순순히 보내주겠소."

용병단이 고요히 서서 관문수비대를 기다렸다.

변경백, 국경과 국경에 맞닿는 영지를 지키기 위해 군사적 권한을 크게 쥐고 있는 백작위다. 변경백은 면세 특권이 있으며, 관문을 지나는 상인과 여행객을 상대로 통행세를 거둘 권리가 있다. 그 자금력을 바탕으로 변경백들은 영지 크기와 경제규모에 비해 비대한 병력을 유지했다.

오르켈 변경백도 이백여 명의 관문수비대와 오십여 명의 국경감시대를 휘하에 두고 있었다. 그뿐만이 아니라 소집령을 내리면 일주일 이내에 오백 명이 넘는 병력을 모을 수 있는 강력한 영주다.

"드디어 시작이로군. 차기 왕권 쟁탈전이."

오르켈 변경백이 중얼거렸다.

귀족들은 모두 알고 있다. 조만간 적통 후계자인 바르카 아누 포를카나 왕자와 섭정 하르마티 공작이 왕권을 두고 싸울 거라는 건 누구나 예상했다.

'왕자의 선택지는 제국의 손을 빌리는 건가.'

오르켈 변경백이 혀를 찼다. 바르카 왕자가 행방불명됐다는 서신을 이틀 전에 받았다. 보나마나 제국으로 망명할 게 뻔했다.

"아무리 전쟁이 없어진 평화의 시대라지만, 전장 지휘 경험조차 없는 애송이가 왕이라니. 어불성설이지."

오르켈 변경백은 무인이다. 그의 머리카락은 반백이었는데, 그는 젊은 시절부터 야만인 정복과 잔당 토벌까지 참전한 경험이 있었다.

"폐하께선 후계자를 나약하게 키우셨어. 앞으로는 무인이 필요 없는 시대라고? 말도 안 되는 소릴."

오르켈 변경백은 바르카 왕자가 마음에 들지 않았다. 무풍 보다 문풍 교육 아래에서 자라난 유약한 왕자다.

'왕은 강해야 된다. 하르마티 공작처럼.'

오르켈 변경백의 신념은 확고했다. 하르마티 공작은 왕의 동생으로, 왕위를 잇지 못했지만 훌륭한 무인이었다. 오르 켈 변경백은 하르마티 공작과 나란히 전장을 달린 경험이 있 었다.

"국경감시대가 용병 무리를 발견했다고 합니다."

부관이 오르켈 변경백에게 보고했다.

아직 오르켈 변경백은 왕자가 용병단과 함께 있다는 사실 을 모른다. 그런 정보는 변경까지 닿지 않았다.

'배를 타고 가지 못했다면 용병에 섞여 탈출할 수도 있지.'

오르켈 변경백이 갑옷을 입고 말을 탔다. 그의 사슬갑옷이 말의 움직임에 따라 소리를 냈다.

따각, 따각.

오르켈 변경백은 기병을 이끌었다. 병사들이 둘씩 말을 탔다.

"근래 다른 관문에서 통과한 용병단이 있었나?"

오르켈 관문으로는 용병단이 통과한 적이 없었다. 말을 탄 서기관이 양피지를 살피다가 대답했다.

"'유릭의 형제들'이라고 불리는 용병단이 라르망 관문을 통과했다고 합니다. 규모도 보고받은 것과 비슷하군요. 동일 용병단일 확률이 높습니다."

"유릭의 형제들?"

오르켈 변경백이 반문했다. 부관 중 하나가 대답했다.

"소문을 들은 적이 있습니다. 은사자 용병단과 대등하게 싸웠다고 하더군요."

"그게 사실이라면 무시 못 할 놈들이로군."

오르켈 변경백이 침음을 냈다.

"이랴!"

준비를 마친 기병대가 관문을 우르르 나갔다. 오르켈 변경백이 선두에 섰다.

아침이 되기 전에 오르켈 변경백은 용병단의 야영지에 도착했다. 새벽의 동이 터오고 있었다.

'지저분하게 흩어져 있는 듯하지만, 다들 무기와 방패를 손에 닿는 곳에 두고 있군. 언제든 싸울 태세를 갖춘 놈들이다.'

오르켈 변경백은 용병들을 훑어보며 생각했다.

"나는 오르켈 변경백이다. 책임자는 누구인가?"

오르켈 변경백이 말고삐를 당기며 말했다. 용병들 중에서 한 사람이 앞으로 나왔다.

"내가 용병대장이오."

스벤이 앞으로 걸어 나왔다. 너저분한 차림새나 거친 억양이 영락없는 야만인이었다.

'야만인이로군.'

오르켈 변경백이 스벤을 확인하고는 부하들을 쳐다봤다.

"유릭의 형제들 용병단의 대장은 야만인이라고 들었습니다. 아마도 대장이 맞는 것 같군요."

부관이 오르켈 변경백의 귓가에 속삭였다.

"용병단 이름은?"

"유릭의 형제들. 내가 유릭이오."

스벤이 태연스레 말했다. 몇몇 용병은 웃음을 숨기기 위해 고개를 숙이거나 투구를 눌러썼다.

"나는 오르켈 관문을 맡은 자로, 국경을 오가는 자들을 감시하고 검문할 의무와 권리가 있네. 이에 대한 불만이 있는가?"

"없소."

스벤이 어깨를 으쓱하며 길을 열었다.

"확인해."

오르켈 변경백이 손짓했다. 눈썰미가 좋은 병사 다섯 명이 용병들 사이로 들어갔다.

"뭐야. 내 얼굴 봐서 뭐 하게? 바지라도 벗어줄까?"

"내 몸에 손대지 마. 손모가지 날아간다."

용병들이 낄낄 웃으면서 검문을 받았다. 병사들은 무표정하게 용병들을 하나씩 살폈다. 관문수비대인지라 이런 불한당 무리에는 익숙했다.

따각, 따각.

오르켈 변경백이 매섭게 눈을 뜨며 야영지 주변을 한 바퀴 둘러봤다.

"푸른 눈을 가진 청년은 없습니다."

병사들이 야영지를 샅샅이 수색하고 보고했다.

"이 주변도 수색해라. 어딘가 숨어 있을 수도 있으니."

병사들이 주변으로 흩어졌다. 용병들이 지루한 듯이 하품을 했다.

"우리도 갈 길이 먼 사람들이오."

스벤이 따지듯 말했다. 오르켈 변경백도 정당한 사유 없이 그들을 오래 묶어둘 수가 없었다.

'오십여 명 정도면 전원 체포하기에는 숫자가 좀 많지. 껄끄러워.'

오르켈 변경백이 끌고 온 병력은 100여 명이다. 기병까지 있기에 싸운다면 승리는 확실했다. 하지만 관문수비대도 적잖은 손실을 입을 터다.

"거기, 고개를 들어봐."

오르켈 변경백이 갑자기 필리온을 가리키며 말했다.

'필리온.'

용병들이 서로 눈빛을 교환했다.

"나는 오르켈 변경백과 안면이 있네. 두 번 정도지만."

필리온이 사전에 그렇게 말했었다.

"이자는 용병이 아니라 도둑놈이오. 우리 물건을 훔치다가 손가락이 잘렸지. 죽을 때까지 우리 시중이나 드는 노예요."

스벤이 옆에서 말했다.

필리온의 얼굴은 흙투성이였다. 거기다 손가락이 네 개나 없었고, 등에는 형벌을 받은 흔적이 있었다. 누가 봐도 기사로 보이지 않았다.

"그렇군. 그 흉물스러운 손을 내 앞에서 감추게."

오르켈 변경백이 필리온의 오른손을 보곤 혀를 내둘렀다.

'휴우.'

필리온이 고개를 숙이며 안도의 숨을 내쉬었다. 그는 자조 섞인 웃음을 지었다.

'지금의 내 꼴을 보고 누가 기사라고 생각할까?'

오르켈 변경백은 야영지를 한 바퀴 더 돌아봤다.

"아무래도 왕자는 이곳에 없는 듯합니다."

부관이 말했다. 오르켈 변경백도 동의하듯 고개를 끄덕

였다.

"음?"

떠나려던 오르켈 변경백이 고개를 갸웃했다. 그가 야영지 근처에 있는 나무 밑을 쳐다봤다.

'아직 굳지 않은 말똥.'

말똥이 보였다. 오르켈 변경백은 야영지를 둘러봤다.

'여기에 말은 없어.'

머릿속에서 스산한 생각이 들었다. 그가 부관을 불러서 속 삭였다.

"기병들을 다섯 조로 짜서 수색을 보내게. 아무래도 말 한 마리가 여기에 있었던 것 같군."

부관이 고개를 끄덕였다. 기병들이 열 명씩 조를 짰다.

"용병들은 체포할까요?"

"아니, 그냥 보내. 대신 잽싼 놈 서넛을 뒤에 붙여둬. 용병 단이 어디로 가는지 계속 보고를 하도록."

오르켈 변경백은 능숙하게 지시했다. 그가 머리를 굴리며 지금 상황을 추측했다.

'만약 이 용병단에 왕자가 있었다면 따로 도망간 거겠지. 말 한 마리를 타고 말이야. 바르카 왕자는 검은 못 쓰지만 말만 큼은 잘 타지.'

오르켈 변경백이 턱을 매만졌다. 검문을 다 받은 용병들이 야영지를 철거했다.

'만약 여기서 왕자를 놓치더라도 언젠가 용병과 다시 합류할 거다…….'

그는 다음 수까지 생각했다.

"이럇!"

오르켈 변경백이 기병 열을 끌고 위로 올라갔다.

"눈치를 챈 건가?"

필리온이 철수하는 병사들을 보며 말했다.

"눈치를 챘더라도 이미 반나절 차이가 났습니다. 붙잡히진 않을 겁니다."

"그렇겠지……. 부디 무사하십쇼, 왕자님."

필리온이 눈을 감으며 기도했다.

Chapter 6

유릭과 파헬은 야영지에서 한참 벗어난 뒤에야 말에 올라
타려고 했다.

"킬리오스, 괜찮아. 저 녀석도 등에 올라타도 괜찮지?"

파헬이 킬리오스를 쓰다듬으며 말했다.

"그럼 탄다."

유릭이 킬리오스의 등에 손을 올렸다.

히이잉!

킬리오스가 기겁하며 몸을 뺐다. 덩달아 파헬도 낙마할 뻔
했다.

"제기랄!"

유릭이 욕설을 내뱉자 킬리오스가 더욱 경계했다.

'생각보다 유릭에 대한 거부감이 심해.'

파헬도 당황했다. 등 뒤에 태우는 것 정도는 문제없으리라 생각했었으나, 킬리오스는 그것마저 거부했다.

"이 망할 짐승 새끼가!"

유릭이 화를 냈다. 파헬이 유릭을 노려봤다.

"욕은 하지 마. 그러니까 킬리오스가 더 거부하는 거야. 그 날카로운 분위기 좀 숨겨! 킬리오스는 너를 인간으로 보는 게 아니라 자신을 사냥하러 온 맹수라고 느낀다고!"

파헬이 이맛살을 찌푸리며 말했다.

"나보고 뭘 어쩌라고? 생겨먹은 게 이런데? 무슨 짐승 새 끼가 사람을 이렇게 가려? 가만…… 맹수라고?"

유릭이 갑자기 골몰히 생각했다.

"누가 야만인 아니랄까 봐. 일단은 걸어. 걸어서라도 더 가 야 돼."

파헬이 말을 몰았다. 유릭이 빠른 걸음으로 킬리오스를 쫓 아갔다.

"벌써 아침이로군."

유릭이 동이 트는 걸 보며 중얼거렸다.

"유릭, 킬리오스를 타려면 일단 네 날카로운 분위기부터 죽 여야 돼. 킬리오스는 나이도 어린 데다가 야생에서 살아온 터 라 더욱 예민하다고. 듣고 있어?"

"어, 듣고 있어. 계속 말해."

유릭이 건성으로 대답했다. 그는 아까 전부터 말의 꼬리 부분을 유심히 쳐다봤다.

"진짜 말을 타고 싶으면, 킬리오스가 아니라 적당히 경험 많은 말을 사는 게 좋아. 그런 놈들은 어지간해서는 사람을 거부하는 일이 드무니까."

"그건 싫은걸? 나는 킬리오스 같은 놈을 타고 싶은 거라고."

유릭이 단호하게 말했다.

"이것도 싫고, 저것도 싫다? 참나. 평생 뚜벅뚜벅 걸어 다녀. 하기야 너 같은 놈은 땅바닥에 걸어 다니는 게 어울리지."

파헬이 혀를 찼다. 유릭은 그 말을 무시하며 킬리오스의 뒤를 졸졸 쫓았다.

뿌직. 뿌직.

킬리오스의 엉넝이가 움찔움찔했다. 말은 걸어 다니면서 똥을 싼다.

"됐다! 잠깐 멈춰! 파헬."

유릭이 기다렸다는 듯이 외쳤다.

"갑자기 왜? 뭐, 뭐 하는 거야! 이 미친놈아!"

파헬이 뒤를 돌아보다가 욕설을 내뱉었다.

"뭐긴 뭐야. 말을 탈 준비를 하는 거지."

유릭이 말똥을 몸에 치덕치덕 발랐다.

"그, 그만둬!"

"그만두긴 뭘 그만둬? 이 정도면 됐나?"

말똥을 바른 유릭이 조심스레 킬리오스에게 접근했다.

푸륵.

킬리오스의 반응이 지금까지와 달랐다. 유릭의 손길을 크게 거부하지 않았다.

"체취를 지우는 데는 똥이 최고지. 이걸 왜 진작 생각하지 못했을까."

"그 꼴로 내 뒤에 앉을 생각은 죽어도 하지 마!"

"추격이 따라붙으면 어떡하려고? 똥 좀 묻어도 안 죽어, 인마."

유릭이 똥이 묻은 손으로 파헬의 다리를 팡팡 두드렸다.

"히, 으이익!"

파헬이 재빨리 똥을 털어내며 이맛살을 찌푸렸다.

"킬리오스, 내 이름은 유릭이다."

유릭이 킬리오스의 등에 올라탔다.

'해낸 건가?'

유릭은 언제든 낙법을 할 준비를 했다. 킬리오스의 뒷다리가 움찔움찔 떨렸다.

푸르륵.

마침내 킬리오스가 순응하며 콧김을 내뿜었다. 처음으로 유릭을 받아들였다.

"오오오, 죽이는군. 이게 위에서 보는 광경인가!"

유릭이 팔을 벌리며 말했다. 그의 눈동자가 커졌다.

'생각했던 것보다 더 기분이 좋아.'

단지 조금 더 위로 올라갔을 뿐인데 가슴이 탁 트이는 기분이었다. 시야가 훨씬 넓어졌다. 공기마저 더 신선한 듯했다.

"멋지군."

유릭이 말했다. 말고삐를 잡은 파헬이 콧잔등을 찌푸렸다.

"냄새나."

"자, 이제 신나게 달려보자고, 도련님."

유릭은 똥이 묻은 손으로 파헬의 어깨를 잡았다. 파헬은 모든 걸 포기한 표정으로 루의 이름을 읊조렸다.

"호우오오! 달린다! 달려!"

킬리오스가 달리자 유릭이 신나서 외쳤다.

'이게 정말 최선이었나? 필리온 경.'

파리가 귓가에서 윙윙 날아다녔다.

파헬은 자세를 낮추며 킬리오스의 옆구리를 찼다. 킬리오스가 콧김을 거칠게 내뿜으며 협곡을 따라 달렸다.

"협곡을 건널 다리가 어딘가에 있을 거야. 필리온 경이 그리 말했으니까."

파헬이 중얼거렸다.

포를카나 왕국의 국경은 협곡과 강들로 이어져 있다. 다리를 건너지 않고서는 접근하기 힘들어서 수비에 유리하다. 덕분에 포를카나는 제국의 속국이지만, 제국의 영향을 크게 받지 않고 자치권을 유지했다.

"저기도 끊어진 다리가 있네."

유릭이 눈을 크게 뜨며 협곡을 바라봤다. 다리가 희끄무레하게 보였지만 오랫동안 쓰지 않았는지 중간이 끊어져 있었다.

"수비대가 관리하는 다리가 아니라서 그래. 그래도 어딘가에 끊어지지 않은 다리가 있을 거야."

파헬이 고삐를 굳게 붙잡았다.

포를카나 왕국의 국경에는 불법으로 건축한 다리가 하나둘쯤은 있다. 사냥꾼이나 나무꾼들이 생계 때문에 국경을 맘대로 넘어서 일하기도 했고, 밀수꾼들이 이용하는 간이다리들도 있다. 국경감시대가 매번 다리를 끊어도, 사람들은 집요하게 다리를 다시 만들어 국경을 넘었다.

'왕족인 내가 그런 다리를 찾아 헤맬 줄이야.'

파헬이 이를 바득 물었다. 치욕적인 일이었다. 쥐새끼처럼 숨어서 왕국을 빠져나간다는 것 자체가 마음에 들지 않았다.

"파헬, 엉덩이랑 허벅지가 엄청 쓰린데. 원래 이런 거냐?"

유릭은 슬슬 쓰려오는 하반신의 통증을 느꼈다.

"입 다물고 다리나 찾아봐."

파헬이 서서히 초조해했다.

힘차게 뛰던 킬리오스도 지쳐 갔다. 엊그제만 해도 야생마였던 킬리오스다. 사람을 태우고 달리는 습관이 들지 않아서 금방 지구력이 떨어졌다. 하물며 타고 있는 유릭은 상당한 거구의 사내다.

푸륵.

킬리오스의 숨이 거칠었다.

"벌써 지친 거냐? 생긴 것보다 근성이 없네, 킬리오스."

유릭이 뒤에 앉은 채로 팔짱을 꼈다.

"네가 돼지처럼 무거워서 그런 거잖아! 빌어먹을. 설마 놈들이 쫓아오진 않겠지?"

파헬과 유릭은 계획보다 많이 이동하지 못했다. 킬리오스를 타기 전까지 걸어서 이동했으며 두 사람을 태운 킬리오스는 예상보다 빨리 지쳤다.

뿌우우우!

파헬은 등골이 오싹했다. 나팔 소리가 들렸다.

다그닥, 다그닥.

잘 훈련된 군마들이 지평선 위에서 모습을 드러냈다. 기병들이 무기를 빼 들었다.

"제기랄! 추격이다. 킬리오스, 달려!"

기병들이 파헬과 유릭을 쫓아왔다. 그들은 흩어진 수색 기병들을 모으기 위해 나팔을 불었다. 넓게 수색 대형을 유지하던 기병들이 하나둘씩 모여들었다.

'당장 모여든 기병만 일곱이야.'

언제 추가 병력이 더 몰려들지 모른다.

"이야, 이거 큰일 났네. 용병들은 잘 넘어갔는지 모르겠어."

"남 일 이야기하듯 말하지 마! 이 자식아! 우리가 잡히면, 나는 생포하더라도 너는 죽겠지!"

파헬이 킬리오스의 옆구리를 세게 찼다. 킬리오스가 눈을 번쩍 뜨며 힘껏 달렸다.

"아까보다 많이 떨리는걸. 킬리오스도 지쳤군."

유릭이 중얼거렸다. 킬리오스의 무게중심이 많이 불안정했다.

"제길, 제길. 여기서 붙잡히면 끝장이야. 나는 살아남아서 왕이 될 거라고! 내가 바로 포를카나의 정당한 후계자다!"

파헬이 울먹거리듯 외쳤다.

"말머리를 돌려, 파헬. 기마전이다!"

유릭이 파헬의 머리를 잡으며 말했다.

"상대는 일곱 명이야!"

"우린 두 명이니까 한 명당 서넛 명만 죽이면 되네. 생각보다 쉽잖아?"

"무슨 개 같은 소리야! 드디어 미쳐 버린 거냐?"

파헬이 욕설을 내뱉었다. 전투의 기본은 숫자에서 앞서는 것이다. 파헬조차 그건 알았다.

"말을 돌려. 킬리오스를 조금이라도 쉽게 해야지. 나를 믿어, 파헬."

유릭이 말했다.

"유릭은 믿을 수 있는 사내입니다."

필리온의 말이 떠올랐다.

"너를 믿는 게 아니야. 필리온 경을 믿는 거지! 킬리오스으으!"

파헬이 말머리를 돌렸다. 킬리오스가 뛰는 걸 멈추고 다가오는 기병들을 응시했다.

'용감하구나, 킬리오스. 군마로 훈련받은 것도 아닌데 도망가지 않다니.'

파헬이 킬리오스의 뺨을 쓰다듬으며 적들을 바라봤다. 심장이 쿵쿵 뛰었다.

"파헬, 내가 용병대장을 겉멋으로 하고 있다는 게 아니란 걸 보여주지."

유릭이 도끼 두 자루를 꺼내 들었다.

"온다. 오고 있어."

말고삐를 잡은 파헬의 손이 떨렸다. 적들의 얼굴이 보일 만큼 가까웠다.

"웃차, 일단은 한 명!"

유릭이 말에 앉은 채 상체의 힘만으로 도끼를 던졌다.

콰직!

선두에 있던 기병이 뒤로 고꾸라졌다. 그의 안면에 도끼날이 깊게 박혔다.

"어? 어어!"

두 번째로 달려오던 기병은 뭔가 이상하다는 걸 느꼈지만, 이미 말에 가속이 제대로 붙은 상태였다.

"두 명!"

유릭이 남은 도끼도 마저 던졌다. 두 번째 기병은 팔로 얼굴을 가려봤지만, 도끼날이 부메랑처럼 아래에서 위로 날아오면서 안면을 긁었다.

"이제 도끼가 떨어졌다! 덮쳐!"

다른 기병들이 머뭇거리지 않고 달려들었다.

스르렁.

유릭이 킬리오스 위에 서서 칼을 뽑았다. 말 위에서도 서 있을 정도로 균형 감각이 뛰어났다.

"오, 오오오오!"

유릭이 고함을 지르며 말 위에서 뛰어올랐다. 그가 달려오는 기병을 위에서 덮쳤다.

콰직!

유릭의 강철검이 기병의 가슴팍을 파고들었다. 사슬갑옷을
관통하고 심장을 깨부쉈다.

핏물이 유릭의 얼굴에 쏟아졌다. 유릭이 눈동자를 굴리며
다음 적을 찾았다.

'순식간에 세 명이나 죽였어.'

파헬은 입을 쩍 벌리며 유릭의 등을 쳐다봤다. 유릭이 제대
로 싸우는 건 처음 봤다.

'네 명 남았군.'

유릭이 옆으로 뛰어들어 가서 말의 옆구리를 어깨박치기로
밀었다.

"우으아아아아아!"

유릭이 이를 바득 깨물며 고함을 쳤다. 말이 주춤하며 옆으
로 밀려나더니 벌러덩 넘어졌다. 낙마한 병사는 머리부터 떨
어져서 목이 기괴하게 꺾였다.

"이, 이 미친놈!"

남은 기병 셋이 유릭에게 달려들었다.

유릭이 말들의 다리 사이로 미끄러지듯 빠져나갔다. 말들
에게 밟히면 적어도 중상이다. 어이가 없을 정도로 대담했다.

"지금이다! 파헬!"

유릭이 갑작스레 외쳤다. 기병들의 시선이 파헬 쪽으로 잠시나마 몰렸다.

"뭐? 뭐?!"

오히려 파헬이 당황하며 기병들을 쳐다봤다. 그가 지금 상황에서 할 수 있는 일은 아무것도 없었다.

푹!

시선이 분산된 틈을 타서 유릭이 기병의 얼굴을 찔렀다. 뇌를 가르는 감촉이 칼날을 타고 손끝까지 흘러내렸다.

'두 명 남았다.'

기병들이 서로를 바라보다가 유릭에게서 떨어졌다. 고작 땅바닥에 발을 붙인 전사 하나가 두려웠다.

"왕자를 잡아!"

기병이 파헬의 푸른 눈동자를 보며 외쳤다. 두 명의 기병이 너 나 할 것 없이 유릭을 통과해 파헬 쪽으로 접근했다.

뿌득.

유릭은 기병이 도망가도록 놔두지 않았다. 그의 굵은 허벅지에서 핏줄이 단단히 솟았다. 그가 제자리에서 뛰어올랐다. 도움닫기도 없이 말의 몸통만큼이나 뛰어올라 기병의 뒤에 올라탔다.

우드득!

유릭이 병사의 목을 잡아서 꺾었다. 목뼈가 부러지는 소리가 났다.

"후욱."

호흡 한 번만큼 쉬었다. 유릭이 쓰러지는 말을 박차며 옆에 있는 기병을 덮쳤다.

콰당!

유릭과 기병이 뒤엉키며 땅에 넘어졌다. 혼란 속에서 유릭 은 병사의 멱살을 꽉 붙잡고 주먹으로 안면을 여러 차례 가격 했다. 병사의 얼굴뼈가 부서지며 찌그러졌다.

"하악, 하악."

유릭의 몸 전체가 들썩였다. 맹수와 같은 움직임을 몇 번이 나 해냈다. 심장과 폐가 터질 것만 같았다.

'내가 지금 뭘 본 거지?'

파헬이 이를 달달 떨었다. 유릭은 혼자서 기병 일곱을 덮쳐 죽였다.

'나랑 똑같은 인간이 맞긴 한 거야?'

피투성이가 된 유릭이 시체들로부터 도끼를 회수했다. 그 가 도끼와 칼날에 묻은 피를 털어내며 파헬 쪽으로 걸어왔다.

"거봐, 둘이서 할 수 있잖아?"

유릭이 웃었다. 파헬은 헛웃음을 흘렸다.

"빨리 타기나 해. 추격대가 더 있을 거야. 놈들이 나팔을 불 어서 우리 위치를 이미 알렸다고."

파헬이 재촉했다.

피비린내 풍기는 유릭이 다가서자 킬리오스가 움찔했지만 워낙 지친지라 순순히 유릭을 태웠다.

"이미 놈들이 도착했어. 저기 언덕을 봐. 저기서 우릴 보고 있어. 거리만 유지하며 쫓아오는군."

유릭이 눈을 가늘게 뜨며 기병 셋을 바라봤다.

언덕 위의 기병들은 섣불리 덤비지 않고 거리만 유지하고 있었다. 그들은 뿔나팔을 계속 불면서 자신들의 위치를 동료들에게 알렸다.

"지금 뭐 하는 건가! 가서 당장 저들을 체포하게!"

오르켈 변경백과 부관들이 도착했다. 오르켈 변경백은 기병 셋이서 망설이고 있는 걸 보자마자 호통을 쳤다.

"그, 그게 저기 있는 놈 하나가 범상치 않습니다. 혼자서 기병 일곱을 순식간에 베더군요. 마치 인간이 아닌 것 같았습니다."

보고하는 기병이 겁에 질린 목소리로 말했다.

오르켈 변경백이 인상을 찌푸렸다.

'근래 실전 경험을 쌓을 기회가 드물다 보니 병력의 질도, 기강도 떨어졌어. 십 년 전에는 이러지 않았는데.'

제국의 통치 아래에서 십 년의 평화를 누렸다. 국가 단위로 제대로 치른 마지막 전쟁은 십 년 전에 있었던 야만인 잔당 토벌이었다. 그 전쟁을 경험하지 못한 신입 병사들은 전투 경험이 미미했다.

"에잇, 겁쟁이들 같으니. 내가 앞장서겠다."

오르켈 변경백이 칼을 뽑으며 말했다. 그를 포함한 여섯 명의 기병이 돌진했다.

"유, 유릭! 오고 있어!"

파헬이 뒤를 보며 외쳤다.

"쫄지 마, 파헬. 조금만 더 가면 돼. 저기 다리가 보인다. 이번에는 멀쩡해!"

유릭이 협곡 사이에 놓인 다리를 확인했다. 그 아래로는 거센 강물이 흐르고 있었다.

"킬리오스! 힘내! 다 왔어!"

파헬이 킬리오스를 달래듯 외쳤다.

밧줄과 판자로 만든 다리는 줄만 끊으면 무너지는 구조였다. 먼저 넘어가서 줄을 자르면 추격대도 따라오지 못한다.

푸륵, 푸륵.

킬리오스가 혀까지 내밀며 뛰었다. 다리가 휘청거리며 무릎은 무너지기 직전이었다.

"가까워지고 있군."

유릭이 언제라도 싸울 준비를 했다.

"내가 여기서 잡힐 것 같아? 이 반역자 새끼들! 전부 교수대로 보내 버리겠어!"

파헬이 이를 악물었다. 그의 푸른 눈동자가 강렬하게 빛났다. 그는 킬리오스의 목을 껴안듯 몸을 낮췄다.

'달려. 부탁해, 킬리오스.'

놀랍게도 킬리오스는 체력이 다한 상태에서도 한계를 넘어서 뛰었다. 다리 앞까지 도착한 킬리오스가 무릎을 꿇었다.

푸르륵.

킬리오스가 고개를 숙이며 숨을 몰아쉬었다. 커다란 눈망울이 파헬을 쳐다봤다. 자신의 본분을 다했다는 듯이 눈을 깜빡였다.

"고마워, 킬리오스."

파헬이 쓰게 웃으며 다리 위로 뛰었다. 기병들이 바짝 쫓아오고 있었다.

"킬리오스를 버리는 거냐? 교감 어쩌고 하더니. 결국 쓰고 버리는군."

유릭이 파헬과 같이 뛰다가 말했다.

"닥쳐. 나라고 두고 가고 싶은 줄 알아? 어차피 움직이지도 못한다고."

"흠."

유릭이 갑자기 걸음을 멈췄다. 그가 기병들과의 거리를 눈대중으로 쟀다.

"제기랄! 뭐 하는 거야! 빨리 건너라고!"

파헬이 방방 뛰었다. 유릭은 등에 짊어진 칼을 파헬에게 맡겼다.

"나는 킬리오스가 마음에 들었거든. 데려가야겠어."

유릭이 성큼성큼 걸어서 무릎을 꿇은 킬리오스 앞에 섰다.

"후웁."

숨을 크게 들이마셨다. 근육이 공기를 머금은 것처럼 커졌다. 유릭은 킬리오스의 앞발과 뒷발을 모아서 등과 어깨로 짊어졌다.

푸르륵.

킬리오스가 콧김을 내뿜었다. 유릭이 무릎을 펴며 킬리오스를 들어 올렸다.

"끄으으으."

유릭의 얼굴이 새빨갛게 변했다. 혈관들이 터지는 느낌이었다. 근육들이 끊어지는 소리가 들리는 듯했다.

"오, 우오오아아아아아!"

유릭이 괴성을 지르며 발을 내디뎠다. 말을 통째로 짊어지고 다리를 향해 걸었다.

파르르.

팔다리가 바들바들 떨렸다. 유릭이 눈을 부릅뜨며 먼저 건

너는 파헬을 쳐다봤다.

"킬리오… 스으으으! 넌 근… 성… 이 있는 놈이야."

유릭이 입술을 떨며 말했다.

"그런 근성을 봤… 으면, 나도 그 근… 성에 답… 을 해야겠
지…….."

발걸음이 빨라진다. 온몸이 비명을 질렀다. 유릭은 자신의
한계까지 힘을 사용했다. 타고난 괴력으로도 감당하기 힘든
짓이었다.

"저 새끼는 미쳤어."

파헬이 울컥해서 말을 내뱉었다.

쿵! 쿵!

유릭이 말을 짊어지고 뛰었다. 그가 발을 내디딜 때마다 판
자 다리가 크게 휘청거렸다.

"으아으. 오."

입에서 나오는 건 기괴한 비명이었다. 유릭의 얼굴은 인간
의 형상이 아니었다. 얼굴 근육 하나하나가 일그러져서 광기
와 고통을 동시에 표현했다.

"우리가 지금 무얼 보고 있는 거지?"

달려오던 기병들마저 어처구니없는 광경에 입을 쩍 벌
렸다.

유릭이 말을 짊어지고 다리를 건넜다. 기다리고 있던 파헬

이 칼을 들어서 다리를 연결하던 밧줄을 끊었다.

"카악. 학. 컥."

유릭은 킬리오스를 내려놓자마자 주저앉아서 비명을 질렀다. 입에서 끈적끈적한 피가 흘러나왔고, 눈은 충혈되다 못해 피눈물이 새어 나왔다.

"커억. 커억."

유릭이 쇳소리를 내며 구역질을 했다. 온몸에서 극심한 통증이 올라왔다. 망치로 수백 번 두들겨 맞은 기분이었다.

"다른 길을 찾아! 근처에 더 있을 거다!"

협곡 반대편에서 오르켈 변경백이 외쳤다. 그는 말 옆에 매달아 둔 쇠뇌를 꺼냈다.

'바르카 왕자가 틀림없어. 저렇게 짙은 푸른색 눈동자는 드물지. 소년은 금방 자라는군.'

오르켈 변경백은 유릭과 파헬을 번갈아 조준했다. 파헬은 나무 뒤에 숨어서 맞히기 힘들었지만 유릭은 빤히 보이는 위치였다.

말을 짊어지고 뛰던 유릭의 모습이 뇌리에서 떠나지 않는다. 우스꽝스러우면서도 경이로운 광경이었다.

'이런 곳에서 덧없이 죽기에 아까운 인물이다.'

머뭇거리던 오르켈 변경백이 쇠뇌를 내려놓았다. 그는 오늘 대단한 업적을 두 눈으로 봤다. 부하들이 겁을 먹은 것도 이해가 갔다.

"오늘은 저자의 강인함에 경의를 표해야겠군. 그것만으로도 마음이 충만한 날이도다."

오르켈 변경백이 말머리를 돌렸다. 그는 입술을 주먹으로 가리며 웃었다.

젊은 날의 기억이 떠올랐다. 용맹한 야만인들과 싸우던 나날들이었다. 그때는 하루하루가 살아 있다는 충만함으로 가득했었다.

두근.

가슴이 뛴다. 식었던 피가 다시 한번 끓어올랐다. 생명력이 넘치는 사냥감일수록 잡을 가치가 있다. 오르켈 변경백은 직접 사냥감과 마주해 그 목을 취하고 싶었다. 생각만 해도 젊어지는 기분이었다.

Chapter 7

오르켈 변경백은 서둘러 저택으로 돌아왔다.

"아버지! 할 말이⋯⋯."

올해로 열네 살인 아들이 오르켈 변경백을 반겼다.

"비켜라."

오르켈 변경백이 아들을 안지도 않고 스쳐 지나갔다. 그는 해가 뜨기 전에 다시 나갈 생각이었다.

'사냥감이 등장했다.'

오르켈 변경백의 입가가 사납게 올라갔다. 그는 부인과 자식에게 관심이 없었다. 그들은 단지 가문을 잇기 위한 도구일 뿐이다.

"보고해라."

오르켈 변경백이 관문에 머물던 부관을 불러 말했다.

"유릭의 형제들은 어제 관문을 통과했습니다. 사람을 시켜 지금 쫓고 있습니다. 방향으로 보면 도시 발그마에서 합류할 듯합니다."

"하르마티 공작에게 서신을 보내. 놈들이 발그마에 도착하기 전에 내가 직접 병사를 이끌고 왕자를 잡아오겠다. 가장 잘 싸우는 놈으로 열 명을 뽑아둬."

"직접 국경을 넘어서 추적하시겠다는 겁니까? 관문수비대장이 관문을 비우면……."

"형식적인 직책은 이미 질렸다. 나는 사냥감을 쫓을 걸세. 진짜 싸움이 있는 곳으로."

오르켈 변경백이 손을 비비며 웃었다. 몸에서 열기가 솟는 듯했다.

'나쁜 버릇이 도지셨군.'

부관이 오르켈 변경백을 보며 생각했다.

오르켈 변경백은 뛰어난 기사다. 소왕국 출신인데도 여러 전쟁터에서 이름을 알린 사내다.

'야만인 사냥꾼 오르켈.'

그리운 별명이었다. 야만인 융화 정책을 펼치는 지금에 있어서는 악명일 뿐이기에 사라진 별명이었다. 오르켈과 함께 싸웠던 자들만 기억하는 별명이다.

"그만 물러가게. 눈을 잠깐 붙이고 다시 출발하지."

부관이 물러났다. 오르켈 변경백이 일어섰다.

똑똑.

"아버지, 접니다."

아들이었다. 오르켈 변경백이 무표정하게 문을 바라봤다.

"지금 애비는 바쁘구나. 나중에 이야기하면 안 되겠느냐?"

"꼭 드리고 싶은 말이 있습니다."

오르켈 변경백이 한숨을 쉬었다.

"시간을 많이 내주긴 힘들다. 할 말이 있으면 빨리 하거라."

"제국 수도 하멜로 유학을 가고 싶습니다."

아들이 말했다. 오르켈 변경백이 이맛살을 찌푸렸다.

"어째서? 검술과 군사학이라면 충분히 여기서도 배울 수 있다. 이 애비가 제국기사들보다 뒤떨어진다고 생각하는 거냐?"

"그게 아니라, 학문을 하고 싶습니다. 지금 제국 수도에서는 학문이 꽃을 피우고 있다고 합니다. 북부와 남부를 걸쳐 모든 지식인과 학자들이 한곳에 모여 토론하며 하루하루가 멀다 하고……."

쾅!

오르켈 변경백이 탁사를 내려쳤다. 아들이 움찔했다.

"못된 물이 들었구나. 이게 다 네 어미의 치맛바람이겠지. 체력 단련에 힘써도 부족할 판에 학문이라니! 사내란 모름지기 글을 읽고 쓸 줄만 알면 된다!"

"아버지!"

아들의 간곡한 요청에도 오르켈 변경백은 꿈쩍하지 않았다.

"한심하구나. 오늘 애비는 어떤 전사를 보았다. 적이지만 참으로 훌륭한 사내였지. 자신이 타던 말이 지쳐 쓰러졌는데 그 사내가 무슨 짓을 했는지 아느냐? 말을 둘러메고 뛰었다! 인간의 몸으로 말을 들고 뛰었단 말이다!"

오르켈 변경백이 흥분하며 외쳤다. 그런 광경은 그도 처음이었다.

"힘이 아무리 강하다고 한들 그게 무슨 소용이란 말입니까! 아버지, 검으로 공을 세워 출세하는 시대는 끝났습니다! 더 이상 적수가 존재하지 않는단 말입니다! 북부도 남부도 이미 정복이 끝났습니다! 검으로 죽여야 할 적은 그 어디에도 없습니다!"

아들이 외쳤다. 그 말은 오르켈 변경백의 화만 돋웠다.

"이 이야기는 나중에 하자꾸나. 이 애비는 지금 잠을 자야 한다."

오르켈 변경백이 말을 잘랐다. 아들이 고개를 숙이며 입술을 파르르 떨었다.

"시대가 바뀌었습니다, 아버지."

오르켈 변경백은 들은 척도 하지 않았다.

'바뀌지 않았어. 아무것도.'

아들을 내보낸 오르켈 변경백은 서재의 지하로 내려갔다. 그의 창고였다.

"하아."

지하로 내려오자 안심이 된다. 아내도 아들도, 온갖 복잡한 일들도 그의 머릿속에서 사라졌다.

오르켈 변경백은 촛불에 불을 붙였다. 지하가 밝아진다. 촛불의 일렁임을 따라 그림자들이 움직였다.

"호칸, 너는 그야말로 곰과 비견되는 전사였지. 서리 같은 도끼로 내 부하를 다섯 명이나 죽이던 그 모습이 아직도 생생하구나."

오르켈 변경백이 전시된 해골들을 매만지며 말했다. 그 밑에는 죽은 야만인들의 무기가 놓여 있었다.

오랜 애인을 만지듯 조심스러운 손길이었다. 해골을 매만지면 젊은 날의 기억이 떠올랐다.

"즈즈보, 사막늑대라 불리던 남부의 위대한 전사. 내 가슴에 흉터를 남긴 자여."

오르켈 변경백의 얼굴이 붉게 변했다. 환희에 가득 찬 얼굴이었다. 해골들의 이름을 하나하나 부르며 기억을 떠올렸다. 그에게 있어서는 신성한 의식이었다.

해골들은 자신을 위협하던 적수들이었다. 그게 오르켈 변경백의 수집품들이었다.

"너희들은 그 강인했던 모습 그대로 남아 있는데, 나는 늙어가고 있구나."

오르켈 변경백이 탄식했다. 젊고 강했던 시절이 그리웠다.

"아무리 뛰어난 전사라도 세월은 이기지 못하는 법이지."

결국 늙은이는 젊은이에게 자리를 뺏긴다.

'하지만 요새 젊은이들은 검술을 배우지 않아. 그저 펜대나 굴릴 줄 알지.'

그런 젊은이들에게 미래를 맡기자니 가슴이 답답했다.

"위대한 야만인 전사들이여! 너희들이 있었을 때가 그립구나. 적이 있어야 검도 빛나는 법!"

오르켈 변경백이 해골들 사이에 누워서 잠들었다. 그는 빛나던 청춘의 시대를 꿈꿨다. 피로 얼룩진 시대였지만 기억은 미화되는 법.

오르켈 변경백은 해가 뜨기 전에 일어났다. 세월이 지날수록 잠도 같이 달아났다. 늙음은 서글펐다.

"준비됐습니다."

오르켈 변경백이 연병장으로 나가자 부관이 기다리고 있었다. 그의 관문수비대에서 고르고 고른 열 명의 병사가 서 있었다.

"이제 사냥을 시작하지, 제군들."

　　　　　　　　　🐁

　　킬리오스를 들고 뛰었던 유릭의 몸은 정상이 아니었다. 그는 어기적어기적 기다시피 해서 산속으로 들어갔다.

　　유릭은 후유증으로 허리를 펴지 못했다. 노인네처럼 허리를 굽히고 움직였다. 온몸이 다 삐걱거렸지만 허리가 가장 큰 문제였다. 허리뼈가 뒤틀린 게 느껴졌다.

　　"준비됐어, 유릭."

　　파헬이 말했다.

　　"슬슬 태양신 루에게 기도나 해볼까나."

　　유릭이 태양 펜던트를 만지며 웃었다.

　　"정말 이게 효과가 있을까?"

　　"죽거나, 살아도 불구가 되거나, 멀쩡해지든가. 셋 중 하나더라고."

　　"정말 루에게 기도를 해야겠군."

　　파헬이 쓰게 웃었다. 그들은 산속에 있었다. 아직도 주변은 불안했고, 언제 적을 만날지 모른다.

　　"간다, 유릭."

　　유릭의 상체를 견인한 밧줄을 파헬이 잡았다. 등이 뒤로 들린 유릭은 벌써부터 움찔움찔했다.

"후욱, 후욱. 해버려, 파헬."

유릭이 그 말을 끝으로 나무 재갈을 입에 물었다.

'태양신 루여.'

파헬이 읊조리며 유릭의 허리 부분을 발로 밟고 밧줄을 세게 당겼다. 효과조차 의심스러운 원시적인 치료 방법이며 보통은 고문이나 다를 바 없는 치료법이었다.

우드드득!

이상한 소리가 났다. 불길한 예감이 들었지만 파헬은 눈을 질끈 감으며 유릭이 시킨 대로 온 힘을 다했다.

"으으으븝!"

유릭이 부들부들 떨었다. 상체가 뒤로 꺾이면서 이탈한 허리뼈가 다시 자리를 잡았다.

빠직!

물고 있던 나무 재갈이 부러졌다. 입안에 나뭇조각이 박혀서 피가 철철 나왔다.

"크르릅."

유릭이 입에서 피거품을 물었다. 뒤집어진 동공이 새하얬다.

털썩.

삐질 땀을 흘리던 파헬이 밧줄을 놓았다.

"유릭?"

대답이 없었다. 파헬이 황급히 유릭에게 다가갔다.

"대답해! 유릭!"

유릭은 의식을 잃은 채로 대답이 없었다.

'설마 죽은 거야?'

그 생각이 들자 가슴이 철렁했다.

"제발, 이대로 죽지 마. 이 개자식아!"

갑자기 주변의 숲이 무서웠다. 어디선가 짐승이라도 나올 것만 같았다.

"태양신 루여, 부탁이오니 아직 유릭의 영혼을 거두지 말아 주시옵소서."

파헬이 쪼그려 앉아서 기도했다.

푸륵.

나무 밑에서는 킬리오스가 휴식을 취하고 있었다. 파헬이 엉금엉금 기어서 킬리오스 옆에 기댔다.

"정말 죽은 거야? 유릭. 죽은 거냐고?"

파헬이 무릎을 얼굴까지 끌어올리며 벌벌 떨었다.

스스스.

바람이 분다. 나무들이 비명을 지르듯 했다.

'혼자라는 게 이렇게 무서운 거였어?'

파헬은 항상 누군가의 보호를 받고 자랐다. 위험이나 고독

과는 거리가 먼 삶이었다.

푸릉.

킬리오스마저 없었다면 꼴사납게 울었을 터다.

"유릭, 사, 살아 있지?"

파헬이 엉금엉금 기어서 유릭의 코에 손가락을 가져가 댔다. 숨을 쉬는지 확인했다. 어디선가 들은 지식이었다.

'숨을 쉬고 있는 게 맞아?'

파헬이 침을 꿀꺽 삼켰다. 침착하게 손끝의 감각을 느꼈다.

"살아 있구나. 살아 있어."

유릭이 숨을 쉬고 있었다. 파헬은 안도하며 그 옆에 주저앉았다.

"다행이다. 다행이야."

파헬이 몇 번이나 그 말만 반복했다.

"하아."

파헬이 심호흡을 하고는 주머니에서 빵을 꺼냈다. 딱딱한 빵을 조금씩 잘라서 침으로 녹여 먹었다.

'제국까지만 간다면.'

파헬이 눈을 질끈 감았다.

'이 수모는 반드시 갚아주지.'

파헬은 반역자들의 이름을 읊조렸다. 하르마티 공작에게 빌붙은 귀족은 한둘이 아니다. 왕이 어느 날 쓰러져서 혼수상태에 빠질 줄은 아무도 몰랐다. 적어도 파헬이 왕위를 잇기 전까지는 오 년 정도 남았으리라 생각했다.

'내가 기반 세력을 갖추기도 전에 폐하께서 쓰러지셨지. 하르마티 공작의 짓일지도 몰라.'

파헬이 땅바닥을 바라보며 생각에 잠겼다.

'다미아 누님께선 잘 지내고 계실까. 하르마티 공작이 누님에게 손을 대진 않겠지만서도……. 걱정이 되는군.'

파헬이 쌍둥이 누이를 걱정했다. 왕실의 공주는 권력 다툼때문에 죽을 일이 없다. 누가 왕이 되더라도 공주는 좋은 정략 도구다.

푸륵.

갑자기 킬리오스가 일어섰다. 파헬도 귀를 기울였다.

바스락.

"분명 이쯤에서 소리가 났는데."

사람의 목소리가 들렸다. 파헬이 당황하며 주변을 두리번거렸다. 그가 수풀 사이로 뛰어들었다.

'제길, 유릭을 숨길 수가 없어.'

파헬이 혼자서 몸을 숨겼다. 스스로가 한심했다.

"여기 봐봐. 말이 있는데?"

"저기 누워 있는 덩치의 말인가? 우리가 와도 깨지 않는군."

"죽은 거 아니야?"

산적들이었다. 그들은 누더기나 다름없는 옷을 걸쳤고, 얼굴은 숯이라도 바른 듯이 검었다. 산적이라기보다는 부랑자에 가까운 이들이었다.

'세 명.'

그들은 여행객이나 습격해 밥벌이하는 이들이었다.

"오늘 저녁은 말고기인 거냐?"

"등신아, 말을 팔면 돈이 얼만데 먹긴 왜 처먹어."

"장물아비가 말도 사주나? 흥."

"사주겠지. 안 사주면 어쩔 거야?"

산적들이 말을 주고받으며 키득키득 웃었다. 그들은 킬리오스에게 손을 대다가 호된 저항에 부딪쳤다.

히이잉!

킬리오스가 앞발을 들며 산적들을 위협했다.

"뭐야? 이래서야 끌고 가겠어? 그냥 고기로 만들어버리자고."

"이 무기 좀 봐. 제법 날카로워. 비싸게 팔리겠는걸! 아니면 내가 쓸까?"

산적들이 유릭의 장비들을 매만지며 말했다. 그들은 히죽히죽 웃었다.

"혹시 모르니까 목이라도 확실히 잘라. 덩치를 보니 한 싸움하게 생겼잖아."

산적 하나가 날이 무딘 도끼를 들며 말했다.

'이대로라면 유릭이 죽고 말 거야. 내가 도와야 해.'

파헬이 바들바들 떨었다. 용기가 나지 않았다. 용기 이전에 이길 자신도 없었다.

'내가 저놈들을 어떻게 이겨? 말도 안 돼. 하지만……'

파헬의 동공이 커졌다. 가슴이 뜨거웠다. 그는 용기와 침묵 사이에서 방황했다.

"여기 봐! 숨어 있는 놈이 있어! 캬핫!"

파헬의 등 뒤에서 산적 하나가 더 나타났다. 세 명이 아니라 네 명이었다.

"으, 으아아!"

파헬이 칼을 뽑아봤지만 산적이 파헬의 손을 잡으며 제압했다.

"크ㅎㅎㅎ! 곱상하게 생긴 놈이잖아? 그런 팔로 칼이나 휘두르겠어?"

산적이 입을 벌리며 웃었다. 악취가 파헬의 코에 닿았다.

"내, 내가 누군지 아느냐! 이 자식들아!"

파헬이 악을 쓰며 외쳤다.

"뭐? 어딘가의 왕자님이라도 되시나?"

퍽!

산적이 파헬의 배를 걷어찼다. 파헬이 구역질을 하며 상체를 숙였다.

"커억. 컥."

산적은 파헬의 머리채를 잡고 질질 끌고 나왔다. 산적들이 파헬을 둘러쌌다.

"어이, 우리가 여자 본 지 얼마나 됐지?"

"한 달은 넘었지. 킥킥."

"이 정도 얼굴이면 싸구려 창녀보단 낫군."

산적들이 파헬을 보며 말했다. 벌써 바지춤을 엉거주춤하게 내리는 산적도 있었다.

"우웩, 난 남색에 취미가 없어. 너희들끼리 해. 나는 저 새끼 목이나 베고 올게. 아무래도 의식불명 같지만 확실하게 해둬야지."

"누군 남색에 취미가 있어서 하냐? 그냥 반반한 구멍이 있으니까 하는 거지."

파헬이 기겁했다. 그가 발버둥 치자 산적이 파헬의 뺨을 거세게 때렸다.

"얌전히 있어. 아니면 여기서 그냥 모가지를 따줄까?"

산적이 칼날을 목덜미까지 들이밀었다. 파헬이 벌벌 떨었다.

'말도 안 돼. 이건 말도 안 된다고. 필리온 경…… 다미아

누님.'

산적들이 파헬의 팔을 나무에 묶었다. 파헬은 나무에 묶인 채로 하반신만 뒤로 내민 꼴이었다. 산적들의 거친 손이 파헬의 바지를 잡아서 내렸다.

"하하, 진짜 곱게 자란 도련님이로군. 엉덩이가 애새끼처럼 뽀얗잖아. 진짜 어딘가의 왕자님이라도 되는 건가?"

산적들이 제비뽑기를 하며 순번을 정했다.

"크흠. 내가 먼저로군. 퉷퉷."

산적이 손아귀에 침을 뱉어서 자신의 음경에 문질렀다.

'차라리 치욕을 당할 바에…….'

파헬이 자신의 혀를 깨물려고 했다.

우드득!

어디선가 뼈가 부러지는 소리가 났다. 파헬을 겁탈하려던 산적들이 뒤를 돌아봤다.

유릭이 한 손으로 산적의 머리를 잡아 들고 서 있었다. 산적의 목은 올빼미처럼 뒤로 꺾여 있었다.

"후우."

유릭이 길게 숨을 내뱉었다. 그는 아직도 찌뿌둥한 몸 때문에 기분이 좋지 않았다.

"다신 이런 짓 안 할 거야. 한 번만 더했다간 허리가 부러지겠네. 제기랄. 뭐야? 파헬. 그런 취미 있었냐? 문명인들이란

참 이해 못 할 족속이라니까. 나 원.”

유릭이 파헬과 산적들을 보며 혀를 찼다.

“입 닥치고 나 좀 살려줘! 개자식아!”

파헬이 소리를 질렀다.

“싫다고 하는데 덮치는 건 예의가 아니지. 너희들도 문명인이잖아. 강간은 야만인들이나 하는 게 아니었어?”

유릭이 바닥에 떨어진 도끼와 칼을 집어 들었다. 아직도 온몸의 관절이 삐걱거렸다.

‘수명이 일 년은 줄어든 기분이네. 역시 사람은 사람다운 짓을 해야 돼.’

유릭이 킬리오스를 힐끗 보며 웃었다.

“가까이 오지 마. 이 새끼가 죽는 거 보고 싶어? 엉?”

산적들이 파헬의 목에 칼을 들이밀며 말했다. 산적들은 유릭의 기세에 겁을 잔뜩 집어먹었다.

‘보통 놈이 아니다. 몸에 뻗치는 기운이 남달라.’

무엇보다 한 손으로 성인 남성을 들어 올릴 정도의 괴력을 가진 사내다. 산적들은 파헬을 인질로 잡아서 유릭을 협박했다.

“어엉?”

유릭이 고개를 삐딱하게 기울이며 산적들을 바라봤다.

“거, 거기 멈춰! 이 새끼 목을 찢어버⋯⋯.”

콰직!

유릭이 망설임 없이 도끼를 던졌다. 파헬을 협박하던 산적의 머리통이 깨졌다.

"죽일 테면 죽여봐. 인질은 통하지 않아. 대신에 파헬이 죽으면 세 배는 더 고통스럽게 죽여주지."

유릭이 칼을 들고 앞으로 뛰어들어 갔다. 산적들은 파헬을 공격할 생각도 하지 못했다. 덤벼오는 유릭을 피해 도망가기 바빴다.

콰직!

유릭이 도망가는 산적들의 등을 베었다. 한 명도 놓치지 않고 잔혹하게 목을 잘랐다.

"후우."

유릭이 피가 묻은 얼굴로 심호흡했다. 그는 무기를 회수해 피를 닦았다.

"나부터 좀 풀어줘!"

파헬이 엉덩이를 내놓은 채 말했다. 유릭이 그 꼴을 보며 배를 잡고 웃었다.

"진짜 병신 같은 꼴이네. 이걸 다른 놈들이 봤어야 하는데!"

"그, 그만하라고! 개새끼야! 빨리 풀기나 해!"

파헬이 외쳤다. 그의 얼굴은 붉다 못해 터지기 직전이었다.

"아이고, 아까 뼈마디를 맞춰서 그런지 움직이기 힘들

다고."

유릭이 느릿느릿하게 걸어서 파헬의 엉덩이를 손바닥으로 크게 후려쳤다.

짝!

파헬이 이를 바득 물며 유릭을 쳐다봤다.

"이 미친 새끼가! 내, 내가 누군지 잊었나? 난 바르카 아누 포를카나! 고결한 왕족이다! 네까짓 놈이 날 우롱해?"

유릭이 귀를 후비며 칼을 꺼냈다. 그가 파헬의 포박줄 사이로 칼날을 집어넣었다.

"계집애인 줄 알았는데, 거시기는 남자답게 덜렁거리네. 너도 남자잖아. 칼 쓰는 법 좀 배워."

유릭이 파헬의 포박줄을 끊었다. 풀려난 파헬이 바로 바지를 끌어 올렸다. 그가 죽은 산적들 시체에 침을 뱉었다.

"너희들은 루의 품으로도 가지 못할 거다! 더러운 도적 놈들!"

파헬이 온갖 저주를 내뱉었다. 그는 유릭에게도 뭐라 말하려다가 관뒀다.

'제기랄. 야만인 놈.'

하지만 유릭은 파헬의 은인이다. 파헬의 생명을 몇 번이나 구했다.

'왕족의 목숨을 수어 번이나 구했어. 포상을 몇 번이나 내

려도 부족하겠지만…….'

유릭이 낄낄 웃으면서 산적들의 품에서 돈을 챙겼다.

"완전 거지잖아."

유릭이 전리품을 챙기는 동안 파헬은 킬리오스를 달래고 있었다.

"워, 워. 괜찮아, 킬리오스. 이제 곧 출발할 거야."

파헬이 킬리오스를 풀었다.

"유릭, 가자. 발그마로 가려면 이틀은 걸릴 거야. 그것도 우리가 길을 똑바로 찾아서 간다면 말이지."

유릭이 고개를 끄덕이며 킬리오스의 등에 손을 올렸다.

푸륵.

킬리오스가 유릭을 거부하지 않았다. 유릭이 옅게 웃으며 킬리오스의 옆구리를 툭툭 쳤다.

"용병단은 괜찮을까? 우리가 도망간 게 걸렸잖아."

유릭이 지금까지 왔던 길을 돌아보며 말했다.

"괜찮길 빌어야지. 용병단을 족친다고 우리를 잡을 수 있는 것도 아니니 어지간해선 건드리지 않고 넘어갔을걸."

파헬은 그렇게 말하면서도 걱정이 됐다. 그가 스스로에게 말하듯 말을 이었다.

"이제 국경을 넘었으니 병력을 풀어서 우리를 쫓아오진 못하겠지. 쫓아온다고 해도 기껏해야 소규모일 거야."

유릭과 파헬은 킬리오스를 타지 않고 걸었다. 정말 중요한 순간을 위해 킬리오스의 체력을 아꼈다.

산길을 따라 걷던 파헬과 유릭이 잡담을 나눴다.

"유릭, 너네 부족 사람들은 다들 그렇게 힘이 센 거야?"

파헬은 유릭이 킬리오스를 드는 걸 봤다. 그도 그 광경을 보고 감탄했다. 인간의 힘으로 말을 든다는 건 들어보지도 못했다.

"아니, 그냥 평범해. 나만 좀 힘이 센 거지."

유릭이 자랑스레 말했다. 그는 언제나 가장 빠르고, 가장 힘이 셌다.

"어릴 때 뭘 잘못 먹은 거냐? 아님 부모님도 그런 거야?"

"내겐 부모가 없어. 어릴 때 초원에서 혼자 방황하던 나를 우리 부족이 발견해 거둔 것뿐이야. 내 나이도 또래들과 비교해서 대충 짐작한 거지. 굳이 부모가 있다면 나를 키운 부족이다."

"아."

파헬이 머쓱해했다. 괜히 잘못 물어본 느낌이었다.

"너는 왕족이잖아. 뭐 재미난 거 없어? 제국 수도에 가 본 적이 있다며? 그거나 한번 이야기해 봐."

유릭은 제국 수도에 관심이 많았다. 세상의 중심이라는 이명을 가진 도시다.

"어릴 적에 부왕을 따라 한 번 갔을 뿐이야. 벌써 십 년이 다 돼가는 일이지. 하지만 아직도 생생하게 기억이 나. 그렇게 높은 첨탑들은 처음 봤어. 인간이 아니라 거인들이 지은 듯했지. 그렇게 넓은 도시인데도 구석구석 수로를 통해서 물이 나오더군. 멀리 우물까지 가서 물을 뜰 필요도 없어."

"수로?"

"물길을 말하는 거야. 강에서 인위적으로 물을 끌어 올려 도시 전역에 공급해. 그런 시설은 제국 수도 하멜에만 있어."

"수로라……."

유릭은 상상도 하지 못했다. 그저 고개만 끄덕였다.

"거기다 오물은 하수도를 통해 버려. 오물이 하수도로 모두 떠내려가서 그렇게 커다란 도시인데도 악취가 거의 나지 않아. 어떻게 그런 도시를 만들었는지 대단할 따름이지. 제국의 수도 하멜은 혼자서 시대를 훨씬 앞서가고 있어. 나머진 뒤따라갈 뿐이지. 제국 수도라는 문명에 비하면 모든 인간이 야만인이야."

파헬이 자조하며 말했다. 포를카나 왕국도 그저 제국의 속국 중 하나다.

"그렇게나 대단한 건가."

유릭이 턱을 매만졌다. 심장이 뛰었다. 몸의 통증 따윈 이미 잊었다.

'고향의 형제들은 믿지 못하겠지. 나도 들어서는 믿지 못했으니까.'

유릭은 아직 고향으로 돌아가고 싶다는 생각이 추호도 들지 않았다. 너무나 많은 게 이곳에 있었다. 평생을 걸쳐서 둘러봐도 부족할 지경이었다.

'남부부터 북부까지. 바다를 건너 세상의 끝에서.'

세상은 넓다. 과거의 유릭은 그저 좁은 세상 속에서 살고 있었다.

'우리는 비좁은 우물에서 나와야 돼.'

유릭이 가슴을 움켜잡았다. 종종 한 가지 충동이 그의 뇌리를 휩쓸었다.

꿈틀.

충동이 손을 내밀어 유릭의 심장을 쥐어짰다.

"유릭?"

파헬이 유릭을 쳐다봤다. 유릭이 숙였던 고개를 들었다.

"아직도 허리가 쑤셔. 죽을 것 같군. 저기서 좀 쉬자고. 눈도 붙일 때가 됐어."

유릭이 언덕 아래를 가리켰다. 바위도 하나 있어서 숨어 있기에 나쁘지 않았다.

"다미아 누님께서 이 꼴을 보시면 한탄하시겠지."

"쌍둥이 누이 이야기를 자주하는군."

"한배에서 태어난 남매니까 당연하지. 나는 누님을 사랑해. 내가 왕이 된다면 정략결혼 따윈 시키지 않을 거야."

"얼굴 예쁘냐?"

유릭이 주저앉으며 말했다. 그가 허리 가방에서 육포를 꺼내서 질겅질겅 씹었다.

"왕국 제일의 미녀지! 예쁘고말고! 귀족 청년들이 줄을 서서 청혼할 정도야."

"그래? 머리 색이랑 눈동자 색은?"

유릭이 바지춤을 추켜올리며 웃었다.

"금발과 푸른 눈동자! 왕실의 피가 짙게 흐른다는 거지. 나는 비록 푸른 눈만 이어받았지만 다미아 누님은 둘 다 가지고 있어."

"오호. 가슴은 커?"

"물론이…… 어딜 그런 상스러운 질문을 하고 있어!"

파헬이 버럭 화를 냈다.

"계속 말해봐. 입술은 붉고? 피부도 하얗겠지? 남자인 네가 그 정도인데 여자라면 말할 것도 없겠지. 좋아. 오늘은 이거다."

유릭이 자신의 바지에 손을 집어넣었다.

"뭐, 뭐 하는 거야!"

"손으로 한 번 빼려고. 계집을 못 본 지 너무 오래됐어. 나는 한창 나이라고. 넌 안 그래?"

"내, 내가 너 같은 야만인인 줄 알아? 부끄러운 줄 알아야지!"

파헬이 기겁하며 유릭을 쳐다봤다.

"금방 돌아올게. 웃차."

유릭이 엉거주춤하게 일어나더니 반대편 나무 뒤로 갔다.

잠시 후에 유릭이 상쾌해진 얼굴로 돌아왔다.

"저기 구름이 여자 엉덩이를 꼭 닮았어. 모양이 사라지기 전에 너도 해결하고 오는 게 어때? 긴장도 풀릴걸."

유릭은 육체적으로 전성기이다. 성욕도 그만큼 왕성했다.

"잠시나마 말이 통하는 놈이라 생각했던 내가 멍청했군. 짐 승 같은 놈."

"가끔은 짐승이 인간보다 낫더라고. 안 그래? 킬리오스."

유릭이 킬리오스의 얼굴을 툭툭 치며 말했다. 킬리오스는 이제 유릭을 잘 따랐다.

유릭과 파헬은 잠시 눈을 붙인 후에 반나절을 더 이동했다.

"여기가 맞는 방향인지 모르겠어. 민가라도 발견해서 길을 물어보면 좋으련만."

파헬이 불안하게 밤하늘을 바라봤다.

"어디로 가든 내가 있으면 객사하진 않을 테니 걱정 말라고."

유릭이 벌러덩 누우며 말했다. 그들은 불을 피우지 않았다. 두 명이면 숨어 있기 딱 좋은 인원이다. 불을 피워서 위치를 알릴 이유는 없었다.

"파헬, 딱 붙어. 체온을 낭비하지 말라고."

유릭과 파헬은 킬리오스 옆에서 망토를 둘렀다. 말의 온기와 사람의 체온을 모아서 보온을 했다.

"내가 왕이 되면 반역자들을 단 한 명도 살려두지 않겠어."

파헬이 입김을 내뱉으며 중얼거렸다. 하루하루가 고됐다.

"제국에 가면 널 도와주는 게 확실하긴 해?"

유릭이 별을 세며 말했다.

"당연하지. 황제는 적통 후계자인 내가 왕위를 차지하게 도와줄 거야."

"그래?"

유릭은 별말을 하지 않았다. 이곳의 문화는 문명인들이 더 잘 안다.

"후우, 춥다."

파헬은 모닥불이 없는 야영을 처음 겪었다. 생각보다 더 추웠다.

"참아. 불만 안 피우면 걸릴 일은 없을 테니까."

유릭도 추위에 약한 편이었으나 담담한 표정으로 말했다.

캉! 캉!

멀리서 개가 짖는 소리가 들렸다. 유릭이 인상을 찌푸렸다.

"음."

파헬이 벌떡 일어나며 소리가 들린 방향을 바라봤다.

"걸릴 일이 없다면서!"

"개가 있을 줄은 몰랐네."

유릭이 웃으면서 일어났다. 그가 어둠을 응시했다. 저 멀리서 횃불이 일렁이고 있었다.

"어, 어떡하지. 마, 말을 타고 도망가야 돼?"

파헬이 우왕좌왕했다. 유릭이 파헬의 머리를 꾹 눌렀다.

"걱정 마. 추적대라는 보장도 없고, 추적대라고 해도 숫자가 많진 않아. 여기 숨어 있으면 내가 처리하고 오지."

적들이 오는 방향을 응시했다.

'쫓기는 것보다 여기서 처리하는 게 나아. 아직까진 숲이다. 개활지보다 숲에서 싸우는 게 훨씬 낫지.'

저벅, 저벅.

유릭이 어두운 숲으로 들어갔다.

'또 나 혼자 남았어.'

파헬이 호신용 칼을 뽑으며 주변을 둘러봤다. 어둠이 살아서 움직이는 듯했다.

'나도 저렇게 무엇 하나 두려워하지 않는 사내가 되고

싶어.'

파헬이 유릭의 등을 바라봤다. 어떤 상황에서도 유릭은 웃음을 잃지 않았다. 누가 뭐래도 강인한 인간이었다. 생사의 갈림길에서 그늘 없이 웃는 사람이 몇이나 될까?

파헬은 자신의 나약함을 실감했다. 자신이 얼마나 많은 사람들의 도움을 받고 살아왔는지 알았다.

문득 해서는 안 될 생각이 들었다.

'나는 정말 왕의 재목이 맞는 건가?'

마음의 그릇에 금이 갔다.

Chapter 8

"놈의 짓이다."

오르켈 변경백은 산적들의 시체를 보며 말했다.

'단숨에 목이 꺾인 시체, 맹수가 찢어발긴 것처럼 깊은 등짝의 상처, 압도적인 기세에 밀려 도망가던 모습이 선하군.'

오르켈 변경백이 눈을 감으며 생각했다. 그 야만인이 어떻게 싸웠는지 환히 보였다.

'호쾌하구나, 야만인.'

기사들은 종자 생활을 거쳐서 평생 동안 검술을 익힌다. 그들은 전투 병기나 다름없는 인간들이다.

'그런 기사조차 야만인들의 공격을 막지 못하고 죽어 나갔지.'

기사는 야만인보다 좋은 무구를 입었고, 대를 이어 축적한 전투 기술을 가졌다.

'진짜 힘이 강하다면 얄량한 잔기술에 의존할 필요가 없어.'

오르켈 변경백은 야만인들을 잘 안다. 짐승과 인간의 경계에 서 있는 놈들이다.

'힘에서 압도하면 단순한 베기조차 일격필살이나 다름없는 기술이 된다.'

평생을 그런 야만인들과 싸웠다. 조잡한 무기를 들고 기사들을 도륙하던 야만인들.

'야만인들을 이기려면 인간 대 인간으로 싸울 필요가 없어. 놈들은 짐승이다. 인간의 탈을 쓴 사나운 짐승.'

오르켈 변경백이 병사들에게 손짓했다. 그는 시체의 뱃속에 손을 집어넣어 피의 점도와 온기를 확인했다. 미적지근한 온기가 어렴풋이 남아 있었다. 심장 근처에는 굳지 않은 피가 흘러내렸다.

"개를 풀어라. 아직 멀리 가진 못했을 터다."

병사들이 개들의 목줄을 풀었다. 군견 세 마리가 숲을 질주하며 내려갔다.

"놈을 발견한다면 섣불리 자극하지 마라. 너희들만으로 어쩔 상대가 아니니까."

오르켈 변경백이 신신당부했다. 그가 데려온 병사는 열 명뿐이었다. 국경 바깥으로 군대를 이끌고 오면 외교적 마찰이 된다.

"그 야만인을 처리하는 것도 중요하지만, 왕자를 확보하는
게 먼저입니다. 만약 왕자가 제국 수도에 도착해 황제를 알현
한다면 모든 게 끝입니다. 우린 반역자 신세가 되겠죠."

부관이 불만을 슬며시 드러냈다.

"내가 사냥에 몰입해 본분을 잊었을 거라 생각하나?"

"단지 한 번 더 일깨워 드렸을 뿐입니다."

부관이 공손히 말했다.

"바르카 왕자는 혼자서 아무것도 못해. 그 야만인만 죽이면
왕자를 잡는 건 아무것도 아니야. 차라리 다미아 공주가 남자
로 태어났다면 좋았으련만. 삼 년 전에 그 둘을 처음 만났을
때 절실히 느꼈지. 운명이 뒤바뀐 채 태어난 남매였어."

오르켈 변경백이 중얼거렸다.

"왕족의 핏줄이 모두 끊어지면 모를까, 여자가 왕이 될 일
은 없겠죠."

"여자가 아무리 왕의 자질이 있어도 그저 여자라는 거지.
여자란 그저 적당한 씨를 받아들여 애만 낳으면 그뿐. ……제
기랄."

오르켈 변경백이 갑자기 화를 냈다. 그는 자신의 부인과 아
들을 생각했다.

"나는 씨를 뿌릴 여자를 잘못 골랐어. 사내아이를 계집애처

럼 키우는 병신년과 결혼하다니. 돌아가면 아주 혼쭐을 내야 겠군."

부관은 대답하지 않았다. 그저 물끄러미 오르켈 변경백을 쳐다볼 뿐이었다.

'내가 어린 시절에 봐온 영주님은 호전적인 무인이었으나, 이 정도로 난폭한 사람은 아니었다. 진심으로 부인을 사랑하던 분이셨지. 야만인 토벌을 갔다 온 뒤로 사람이 바뀌었어.'

오르켈 변경백의 음습한 취미는 어지간한 측근이면 다 안다. 밤마다 야만인들의 해골을 매만지며 그들을 그리워했다. 때론 자다가 벌떡 일어나 연병장에서 야만인들을 상상하며 홀로 싸우곤 했다.

'전쟁 때문에 미쳐 버린 건가.'

미치지 않고선 견디기 힘든 전쟁이 종종 있다. 소왕국 출신 기사였던 오르켈 변경백은 언제나 최전방으로 내몰렸을 터. 어린 시절부터 함께 훈련을 받은 친구이자 가신들도 대부분 잃었다. 지금 부관들이 모두 젊은 것도 그 때문이었다.

"내가 더 늙기 전에 아들을 하나 더 얻든가 해야지. 차라리 야만인 노예년을 임신시켜서……. 그것도 나쁘지 않군. 야만인의 피가 흐르는 후계자라니."

오르켈 변경백이 중얼거렸다. 부관은 그가 혼잣말을 멈추길 기다렸다.

누군가는 야만인 토벌에 갔어야 했다. 제국은 야만인 잔당 토벌을 위한 병력을 속국들에게 요청했고 기사들은 전쟁터로 내몰렸다.

"말이 잔당 토벌이지, 정복 전쟁 못지않은 험한 전쟁이었다. 잔당들은 우리가 오지 못할 거라 여긴 땅에 꼭꼭 숨어 있었지. 북쪽은 손가락과 발가락이 얼어붙는 동토였고, 남쪽은 살이 익는 열사였다. 거긴 인간이 사는 곳이 아니었어. 짐승이나 다름없는 야만인들이나 살 법한 곳이었지."

몇 번이나 들은 말이었다. 부관은 그저 고개를 끄덕였다.

"그렇습니다, 영주님. 희생이 컸던 전쟁이었죠."

"그런데 이제 와서 야만인 융화 정책이라니? 글줄 좀 읽었다는 양반들은 야만인도 우리와 똑같은 인간이라고 말하더군. 이제 와서 마치 야만인을 죽인 우리가 죄인이라도 된 것처럼 몰아세워. 야만인 사냥꾼이라는 별명을 어디 가서 떠들지도 못하지. 그건 악명이 아니야. 내가 얻어낸 자랑스러운 칭호다."

오르켈 변경백의 눈동자가 사납게 빛났다.

"맞습니다. 오르켈 변경백은 그 누구보다 훌륭한 기사죠."

"나는 왕국을 위해, 우리 문명인들을 위해…… 야만인들을 죽였다! 빌어먹을 황제가 야만인도 우리와 똑같은 인간이라고 말하기 전에 말이야! 사람들은 몰라! 새파랗게 어린 너도 모르겠지! 진짜 야만인들이 어떤 존재인지! 그저 패배한 개처럼 끌려 나온 야만인 노예들이나 보고, 더럽고 추잡한 놈들이 야만인이라 생각하겠지. 그건 진짜 야만인이 아니야."

부관이 낮게 한숨을 쉬었다.

"우리들은 야만인의 진짜 모습을 모두 잊어버렸어. 언젠가 다들 후회하겠지."

오르켈 변경백이 처진 어깨로 웃었다. 잠시 뒤에 그가 고개를 들었다.

"이제 출발하지. 슬슬 따라가면 되겠군."

오르켈 변경백이 어느새 평정심을 되찾았다. 감정을 한바탕 토해내면 오르켈 변경백은 다시 훌륭한 무인이 된다. 부관이 기다렸다는 듯이 고개를 끄덕였다.

"알겠습니다."

"놈의 목은 내가 직접 끊도록 하지."

오르켈 변경백이 먼저 간 병사들의 흔적을 쫓아갔다.

'밤이 깊어지는군.'

생각보다 추적이 길어졌다.

"흠."

오르켈 변경백은 말을 몰다가 잠시 눈을 감았다 뜨길 반복했다.

"영주님?"

"아니, 괜찮네. 먼저 가면 따라가겠네."

오르켈 변경백이 머리를 흔들었다.

'고작 날밤 좀 샜다고 어지러울 줄이야.'

시야가 좁아지고 머리가 둔했다. 잠을 줄여가며 무리하게 추적한 게 원인이었다.

'나이를 먹어간다는 게 무섭군.'

젊은 시절, 오르켈 변경백은 몇 날 며칠 제대로 잠도 못 자고 싸운 적도 있다. 낯선 환경에서 언제 습격할지 모르는 야만인들과 싸웠었다.

"후우."

오르켈 변경백이 밤하늘을 바라보며 심호흡을 했다.

"끄아아악!"

비명이 들렸다. 숨을 고르던 오르켈 변경백이 서둘러 말을 몰았다.

"근접전은 피하라고 했거늘!"

오르켈 변경백이 현장에 도착하자마자 말했다.

"우리가 싸움을 건 게 아닙니다. 놈이 매복해 있었습니다!"

병사가 억울하다는 듯이 말했다.

"개들은?"

"도착했을 땐 이미 숨이 다 끊어진 상태였습니다."

죽은 개들을 확인한 오르켈 변경백이 웃었다.

"도망가기는커녕 반대로 우리를 덮칠 줄이야. 자신의 힘에 무척이나 자신이 있나 보군. 아무렴 그럴 만도 하지. 나라도 그런 괴력이 있다면 그럴 거다."

앞서가던 병사 둘과 개 세 마리가 당했다. 개를 때려잡은 야만인이 어둠 속에 몸을 숨겼다.

"주변을 경계해라. 놈이 다시 올 거다."

오르켈 변경백이 칼을 뽑으며 말했다.

'사냥꾼이 아니라 사냥감 신세가 됐군. 제법이야, 야만인.'

병사들이 주변을 둘러보며 천천히 전진했다.

유릭이 나무 위로 올라갔다.

"제기랄. 똥개 같으니."

유릭은 허벅지에 박힌 개의 이빨을 빼내며 말했다.

사납게 달려드는 개들은 세 마리였고, 유릭의 팔은 두 개뿐이었다. 두 마리는 대갈통을 부숴 버렸지만, 다른 한 마리가 유릭의 허벅지를 물었다.

"흡!"

유릭은 근육에 힘을 주며 출혈을 막았다.

"과연 어떻게 나올까."

유릭이 눈을 크게 뜨며 귀를 기울였다.

'흩어져서 나를 찾진 않는군. 한곳에 뭉쳐 있어. 쳇.'

유릭은 병사들이 비명도 지르기 전에 죽일 자신이 있었다. 흩어진 상태라면 각개격파하면 된다. 병사들은 그걸 알고 있다는 듯이 뭉쳐 있었다.

'놈들이 이대로 쭉 내려오면 파헬을 발견할 텐데.'

유릭과 파헬이 같이 말을 타고 도망가면 따라잡힌다. 저들은 한 명이 말을 하나씩 타고 있기 때문이다.

'어려우나 쉬우나 여기서 내가 저놈들을 처리해야 해.'

유릭은 결정했다. 싸움을 생각하자마자 전신의 활력이 솟아났다. 온몸을 찌르는 통증도 사라졌다. 머릿속이 물에 씻긴 듯이 맑았다.

우드득.

유릭이 칼과 도끼를 세게 쥐었다. 그의 팔뚝을 따라 핏줄이 돋아났다.

'저들 사이로 뛰어든다면 내가 몇 명이나 벨 수 있을까?'

눈을 감고 머릿속에서 그림을 그렸다. 병사들 사이로 뛰어든 자신의 동선이 보였다. 병사들이 서로 조금씩 떨어져 있다면 한 명씩 죽일 시간이 나온다. 유릭이 기병 일곱을 죽인 것도 그런 방식이었다. 일대일을 일곱 번 연속으로 한 셈이다.

'지금 저들은 단단히 뭉쳐 있어. 네다섯 명만 죽이고 나면

내가 찔리겠군.'

전투에서 이기더라도 칼에 찔린다면 무승부인 셈이다. 전투가 끝나고 살아남더라도 부상이 심하면 얼마 버티지 못하고 죽는다. 유릭은 그런 전사들을 수없이 봐왔다.

'죽을 줄 알면서도 돌진하는 전사.'

북부인 전사는 자신의 목숨을 도구로 사용했다. 인상적인 장면이었다.

'북부인에게는 검의 언덕이라는 안식처가 기다리고 있기 때문이지.'

여러 생각이 오갔다. 그 와중에도 병사들이 사방을 경계하며 이동했다.

'이제 결정해야 돼.'

유릭이 웃었다. 그가 밤공기를 마셨다. 다른 방도는 없다. 모든 신의와 맹세를 내버리고 도망가는 게 목숨을 부지하는 길이다.

'지금까지의 내 한계가 네다섯 명 정도라면……'

유릭이 나무에서 소리 없이 내려왔다. 그가 병사들의 뒤를 쫓았다.

"오늘 여기서 내 한계를 넘어보도록 하자고."

뒤로 접근한 유릭이 병사를 말에서 끌어 내려 목을 그었다. 피분수 사이에서 유릭이 미소를 지었다.

"나, 나타났다! 죽여! 카악!"

유릭이 도끼를 던져서 소리를 지른 병사의 머리를 깨부쉈다.

순식간에 병사 두 명이 죽었다. 남은 병사들이 칼을 뽑으며 유릭에게 달려들었다.

'몸놀림이 좋아. 네다섯 명이 아니라 한 명을 더 죽이기도 힘들겠군.'

병사들의 대응만 봐도 수준이 어렴풋이 보였다. 그들은 이백여 명의 수비대에서 뽑힌 정예병이었다.

"그아아아아!"

유릭이 거칠게 소리를 내질렀다. 맹수처럼 낮은 저음의 포효였다.

히이이잉!

훈련받은 말들도 깜짝 놀라 앞다리를 들며 흥분했다.

'파헬은 내가 짐승 같은 기세를 풍기기 때문에 말들이 싫어한다고 했지.'

말은 예민한 동물이었다. 유릭의 포효에 움찔움찔하며 병사들의 명령을 듣지 않았다.

"뭐, 뭐야! 말에서 내려!"

병사들이 재빨리 말에서 내렸다. 유릭은 그 와중에 병사 하나를 또 베었다.

"후욱. 후욱."

피를 뒤집어쓴 유릭이 눈을 치켜떴다.

'바로 저거지. 저게 바로 야만인이다! 넘치는 생명력을 보라!'

오르켈 변경백이 흥분했다. 그의 입술이 씰룩씰룩 올라갔다. 새치마저 검게 젊어질 것만 같았다.

"비켜어어어라아아아! 내가 상대하지!"

오르켈 변경백이 겁먹은 말을 통제하며 유릭에게 돌진했다.

"오오오오오!"

유릭이 말을 타고 오는 오르켈 변경백을 보며 우렁차게 고함을 질렀다.

다시 말이 움찔했다. 오르켈 변경백은 말의 옆구리를 부츠로 세게 긁었다. 움찔하던 말이 주인의 명령을 머리에 새기며 거세게 달렸다.

카아앙!

말의 힘을 더한 오르켈 변경백의 칼이었다. 유릭이 땅에 발을 붙인 채로 대등하게 받았다.

"오오오!"

오르켈 변경백의 몸이 뒤로 꺾였다. 말을 탔는데도 오히려 힘에서 유릭에게 밀렸다.

'이대로 버티다간 내 팔이 부러진다.'

오르켈 변경백이 말을 붙잡은 다리에 힘을 풀면서 힘을 받아넘겼다. 그가 말 위에서 떨어지며 낙법을 했다.

"영주님!"

병사들이 외쳤다.

"놈을 에워싸라! 사방에서 동시에 공격해!"

오르켈 변경백이 외쳤다. 전장에서 자기 몸도 간수 못 하는 자는 지휘관의 자격이 없다. 그는 벌떡 일어서며 칼을 굳게 붙잡았다.

"흡!"

유릭이 손에 있던 도끼를 마저 던졌다. 도끼날이 병사의 무릎을 반쯤 파고들었다. 너덜너덜해진 무릎이 반대 방향으로 꺾였고 병사가 비명을 지르며 주저앉았다.

유릭은 두 개의 도끼를 모두 썼다. 그가 땅바닥을 구르며 병사가 떨어트린 방패를 잡았다. 아래로 갈수록 가늘어지는 역삼각형 방패였다.

'방패.'

유릭은 방패를 즐겨 쓰진 않는다. 부족전사 시절에는 잠깐잠깐 화살을 막는 용도로 썼을 뿐이었다.

'이렇게 쓰는 거였나?'

유릭이 얼핏 어깨너머로 봤던 방패술을 흉내 냈다.

문명인들은 방패술을 잘 썼다. 방패를 공격과 방어에 둘 다 사용했다. 역삼각형 방패는 모서리가 뾰족해서 공격 무기가 되기도 한다.

캉!

유릭이 방패를 휘둘러서 병사들의 공격을 튕겨냈다. 공격하던 병사들이 방패에 밀려났다.

풋!

유릭의 몸이 움찔했다. 쇠뇌에서 발사된 화살이 유릭의 등에 꽂혔다. 유릭은 화살이 몸에 꽂히는 걸 개의치 않고 나아갔다.

"꾸, 꿈쩍도 안 해?"

화살은 유릭의 몸을 깊게 파고들지 못했다. 어깨에서 허리까지 걸친 모피와 유릭의 등 근육은 갑옷이나 마찬가지였다.

"머리를 노려! 머리를!"

오르켈 백작이 말했다. 쇠뇌를 꺼낸 병사들이 유릭을 조준했다.

피슛!

유릭이 방패를 들어서 머리와 몸통을 가렸다. 화살이 방패에 꽂혔다. 방어에 성공한 유릭이 잽싸게 달려 나갔다.

'그 요상한 무기는 장전이 오래 걸리지.'

유릭도 몇 번이나 쇠뇌를 본 적이 있었다. 쇠뇌는 장전 시간이 길었다.

"제기랄!"

유릭이 방패로 병사들을 밀치며 넘어진 병사의 머리를 무릎으로 찍었다. 무릎에 찍힌 병사의 얼굴뼈가 부서지며 찌그러졌다. 유릭의 손이 빠르게 움직였고, 그의 칼날이 스치듯 병사의 목젖을 찢었다.

"뭐 하는 거야! 겁을 먹으면 안 돼!"

부관이 병사들을 독려했다. 유릭의 기세에 밀려서 한 명씩 당하고 있었다.

'제대로 협공을 들어가면 단번에 놈을 죽일 수 있다.'

이기지 못할 이유가 없었다. 제대로 된 갑옷도 없이 덤벼온 야만인이다.

"칵!"

죽어 나가는 건 병사들이었다. 부관은 그제야 뭔가가 잘못됐다는 걸 알았다.

'먼저 덤비면 죽는다는 공포감. 기세에 밀렸어.'

그게 협공의 손발이 맞지 않는 이유였다. 가장 먼저 달려든 병사는 무조건 죽는다. 설사 야만인을 죽이더라도 자신의 목숨을 잃는다면 무슨 소용이 있겠는가? 죽음을 무릅쓸 정도로 사기가 높은 병사는 없었다.

병사들은 먼저 달려들길 주저했고, 덕분에 한 명씩 따로 죽는 최악의 결과가 됐다. 만약 병사들이 북부인처럼 죽음을 두려워하지 않았다면 유릭은 진작 칼에 찔려서 죽었을 터다.

'이게 영주님이 말하던 야만인의 기상인가……'

스스로 죽음을 향해 달려가는 듯한 광기. 필요하다면 자신의 심장조차 바깥에 내놓고 싸우는 대담함. 젊은 부관은 전장에서 병사들의 사기가 중요한 이유를 절실히 깨달았다.

'왜 야만인들에게 문명인의 군대가 고전했는지 알겠군.'

그리고 그걸 배운 부관은 자신이 곧 죽을 거란 걸 알았다.

유릭의 칼이 그의 목을 깔끔하게 베어냈다.

많은 기사와 전사들이 경험을 쌓기 전에 죽고 만다. 훌륭한 기사와 전사는 수많은 죽음 위에서 탄생한다. 지금 죽은 젊은 부관도 그 밑바탕이었을 뿐.

"큭, 큭큭."

부하를 모두 잃은 오르켈 변경백이 한 손으로 얼굴을 감싸며 웃었다.

"하아, 하아."

유릭은 칼을 지팡이 삼아 서 있었다. 광기에 눌려 죽어간 병사들은 유릭의 본모습을 보지 못했다. 그래서 마냥 겁냈을 뿐이다. 진짜 현실의 유릭은 상처 입고 지친 짐승이었다.

유릭의 팔다리에는 깊게 베인 자국이 선명했다. 목숨과 직결되는 몸통과 머리만 간신히 보호했을 뿐이었다. 벌어진 상처에서는 출혈이 심하다. 안색은 새파랗고 근육을 쓸 때마다 박힌 화살들이 살 안쪽으로 파고들었다.

"나는 속지 않아. 그런 부풀려진 공포는 내게 익숙하지."

오르켈 변경백이 웃었다. 그는 유릭의 본모습을 똑바로 응시했다.

서 있는 것조차 힘겨운 가엾은 야만인.

스르륵.

오르켈 변경백이 칼을 양손으로 잡아서 상단으로 들었다.

'쉴 시간은 주지 않겠다. 이름 모를 야만인이여, 너는 내가 만난 야만인들 중에서도 최고였다.'

오르켈 변경백은 부하들의 죽음에도 전혀 슬프지 않았다. 그의 마음은 오래전에 닳아버렸다. 누군가의 죽음에 슬퍼하기에는 너무나도 많은 죽음을 스쳐 온 기사였다.

기사의 마음속에 남아 있는 것은 적을 향한 증오가 아닌 뒤틀린 경외감.

유릭이 오르켈 변경백을 바라봤다. 생각조차 힘겨웠다. 극심한 체력 소모는 정신의 소모로 이어진다. 생각도 육체의 여유가 있어야 나오는 법이다.

'생, 각해야 돼.'

유릭이 중얼거렸다. 팔다리의 근육이 도망간 것처럼 힘이 없었다. 칼로 몸을 지탱하지 않으면 넘어질 것만 같았다. 피를 너무 많이 흘려서 동공이 흐렸다.

스륵.

오르켈 변경백은 방심하지 않았다. 그는 상처 입은 짐승의 저력을 안다. 그는 상단 자세를 유지하고는 거리를 좁혔다.

'어깨를 베는 척하다가 옆으로 꺾어서 목줄을 깊게 벤다. 그 정도면 충분해.'

유릭과 달리 오르켈 변경백은 충분히 생각했다. 예상되는 검로를 몇 번이나 되새겼다.

타닥, 타닥.

오르켈 변경백이 눈동자만 옆으로 돌렸다. 어둠 속에서 말발굽 소리가 들렸다. 떨어진 횃불들 사이로 푸른 눈동자의 청년이 보였다. 바르카 아누 포를카나 왕자였다.

'어째서 왕자가 직접 싸움터까지?'

오르켈 변경백은 의문이 들었지만 망설일 시간은 없었다.

"유릭!"

파헬이 말에서 내리며 외쳤다. 오르켈 변경백이 서둘러 유릭을 공격하려고 했다.

'유릭을 구해야 돼.'

파헬은 바닥에 떨어진 쇠뇌를 발견했다. 두어 번 쏴본 경험을 떠올렸다.

찰칵.

파헬이 떨리는 손으로 쇠뇌를 잡았다. 다행히 장전된 쇠뇌였다.

오르켈 변경백은 파헬의 손동작을 신경 썼다.

"제길."

늦었다고 판단한 오르켈 변경백이 유릭을 공격하다 말고 방패를 들었다.

푸슛!

오르켈 변경백이 머리까지 방패를 들어 올렸다. 쇠뇌 화살이 방패와 부딪치길 기다렸다.

'부딪치는 소리가 나지 않아.'

방패와 화살이 부딪치는 소리가 나지 않았다. 그 때문에 오르켈 변경백이 방패를 조금 늦게 내렸다.

화살은 엉뚱한 곳으로 날아갔다. 파헬의 사격 솜씨는 형편없었다. 방어를 하지 않고 그대로 공격했으면 벌써 유릭의 숨통을 끊었을 터다.

잠깐 늦게 내린 방패. 그게 승패를 갈랐다. 찰나의 시선 뺏기만으로도 충분했다.

숨을 고른 유릭이 반걸음 내디디며 있는 힘껏 칼을 휘둘렀다. 힘이 부족했기에 몸무게를 실어서 몽둥이처럼 깊게 휘둘렀다.

우지끈!

오르켈 변경백이 오른팔을 내주며 칼을 막으려고 했다. 왼팔로 칼을 바꿔 쥐어서 반격하면 된다고 생각했다.

'외팔이 변경백도 나쁘지 않은 별명이지.'

지친 야만인의 일격을 팔 하나로 막을 수 있을 거라 생각했다. 그게 그의 착오였다. 그의 오른팔을 벤 칼날이 멈추지 않고 머리까지 후려쳤다. 찌그러진 투구를 따라 머리가 움푹 파였다.

"쿨럭."

오르켈 변경백이 피를 토하며 바닥에 쓰러졌다. 눈, 코, 귀에서 핏물이 철철 흘러내렸다. 찌그러져 깨진 머리 사이로 분홍 살점이 보였다.

"미안하다. 일격에 끝내지 못했어. 지금 바로 죽여주지."

오르켈 변경백과 같이 넘어진 유릭이 힘겹게 칼을 들어 올리며 말했다.

유릭의 말을 들은 오르켈 변경백은 자신도 모르게 웃었다.

자신을 내려다보는 유릭. 이 젊은 야만인이 자신의 과거와 겹쳐 보였다. 수많은 야만인들이 젊었던 오르켈을 이렇게 올려다보며 죽었다.

'이제는 내가 젊은 야만인을 올려다보며 죽는군.'

마지막으로 보는 건 칼날의 끝.

푹.

유릭이 오르켈 변경백의 목을 확실히 찔렀다. 짧은 단말마.
오르켈 변경백은 눈을 감았다.

유릭도 그 옆에 벌러덩 누웠다. 더 이상 움직일 기력이 없
었다.

"왜 온 거야? 숨어서 기다리라고 했잖아. 덕분에 살긴 했
네. 이번에는 정말 죽는 줄 알았어."

유릭이 고개만 돌려서 파헬을 바라봤다.

'이게 유릭 혼자서 저지른 짓이라고? 혼자서?'

파헬이 아랫입술을 깨물며 주변을 둘러봤다. 치열한 전투
의 흔적들이었다. 가슴 한구석에서, 지금까지 없었던 부끄러
움이 올라왔다.

"나도 모르겠어. 그저 혼자 숨어 있는 게 무서웠던 게 아
닐까."

파헬이 누워 있는 유릭에게 팔을 뻗었다. 유릭이 파헬의 팔
을 잡으며 상체만 세웠다.

"숨어 있는 것조차 무섭다니. 대단한 겁쟁이네."

유릭이 거친 웃음을 터트렸다.

"숨기만 하는 겁쟁이가 되는 게 무서운 거야. ……나는 왕
이 될 사람이니까."

파헬이 대답했다. 왕이 된다는 말이 쉽게 입 밖으로 나오지
않았다. 그가 오르켈 변경백의 칼을 뺏어서 허리에 찼다. 칼

의 무게가 낯설었다.

파헬은 기진맥진했다. 그는 밤새 유릭의 상처를 돌봤다.

"제기랄. 사람이 어떻게 저 꼴로 살아 있는 거야? 카악. 퉷."

파헬이 몇 번이나 토했다. 피부 아래의 속살을 보는 건 불쾌한 일이었다.

"불로 지져야 되니까 그거나 달궈서 줘."

유릭이 앉은 채로 말했다. 그의 얼굴에도 땀이 줄줄 흘러내렸다. 눈가는 초췌했고 입술은 바싹 마르다 못해 푸르스름했다.

"알았어."

파헬이 입가를 닦으며 모닥불에 달궈놓은 칼날을 꺼냈다. 날이 벌겋게 달아올라 있었다.

'내 또래라면서 얼마나 많은 상처를 입고 살아온 거야?'

유릭의 몸뚱이는 상처투성이다. 베이고 찔린 흉터는 부지기수였고, 불로 지진 상처들은 자국이 남아서 흉했다.

"너를 보살피다 내가 죽겠어."

파헬이 집게와 단도를 내려놓으며 말했다. 그는 유릭의 상처를 헤집어서 화살촉을 꺼냈었다. 다신 하고 싶지 않은 짓이었다.

"엄살 부리지 마. 내가 더 죽을 맛이라고. 후우, 후우."

유릭이 심호흡했다. 그가 달군 칼날을 상처에 가져갔다. 소독할 방법이 없었기에 궁여지책으로 쓰는 방법이었다.

치이이익!

"제기라아알! 매번 할 때마다 느끼는데 더럽게 아프네. 시발."

유릭이 투덜거리며 상처를 차례대로 지졌다.

"윽."

파헬이 코를 막았다. 살이 타는 냄새가 진동했다.

'정말 죽을 맛이네. 산맥을 넘어와서 이렇게 고생해 본 적은 없었는데.'

이렇게 힘든 적은 30인 베기 이후로 처음이었다. 적대 부족의 전사 30명을 차례대로 사흘 사이에 죽였던 일이다. 유릭의 이름을 주변 부족까지 알린 사건이었다.

"파헬, 아니, 이름이 뭐였더라. 바르……."

유릭이 말했다. 창백한 표정이었다.

"바르카 아누 포를카나. 내 본명이다."

"그래, 파헬 바르카. 내가 깨어나지 못하고 죽거든, 내 몸은 태우더라도 머리카락만큼은 잘라서 하늘산맥 언저리에 던져 줘."

"그게 무슨 말이……."

파헬은 말을 잇지 못했다. 유릭이 그대로 눈을 감으며 픽 쓰러졌다.

'죽진 않았어. 숨을 쉰다.'

파헬이 유릭의 숨을 확인하고는 안도했다.

"생각해 보면 말도 안 되는 짓이었어."

유릭은 킬리오스를 들다가 다친 허리를 치료하자마자 싸우고 또 싸웠다. 고작 며칠 사이에 이십여 명을 죽였다.

"이 정도면 평생을 두고두고 자랑할 무용담이지."

세상에는 유명한 기사와 전사가 많다. 백 명을 다리에서 막아낸 검귀 페르젠 같은 인물도 있다.

"너도 유명해질 거다, 유릭."

파헬이 잠든 유릭을 바라봤다. 유릭은 용병이며 전사다. 능력과 행동, 그 어딜 따져 봐도 부끄러움이 없는 훌륭한 인물이었다.

'나는 왕이 되고자 하면서 그에 걸맞은 사내가 되었나?'

파헬은 혼자서 계속 질문을 던졌다.

'마부나 농부라면 겁쟁이라도 괜찮다. 하지만 나는 왕이 될 사람이야.'

세상은 녹록하지 않았다. 파헬은 쓰게 웃었다.

"나는 특별하지 않아."

인정하기 싫었던 사실이었다.

파헬은 망토와 모피로 깔개를 만들고 밧줄을 이용해 깔개와 킬리오스를 연결했다.

"피를 그렇게 흘리고도 더럽게 무겁네."

파헬이 유릭의 상체를 잡아서 질질 끌었다. 그는 유릭을 깔개 위에 눕혔다.

"킬리오스, 부탁해."

킬리오스가 가볍게 울음소리를 냈다. 킬리오스는 유릭을 태운 깔개를 질질 끌었다.

파헬은 하루를 더 헤매다가 사람들이 오가는 큰길을 발견했다. 운이 좋게도 도시 발그마로 향하는 상단을 만나 합류했다. 상단과 합류하고는 반나절도 되지 않아 도시에 입성했고, 유릭이 깨어난 것은 도시 발그마의 여관에서 이틀을 더 보낸 후였다.

다음 날, '유릭의 형제들'이 도시에서 합류했다.

Chapter 9

"손님, 몸이 뜨거우시네요."

유릭의 밑에 깔린 창녀가 말했다. 용병단은 도시 발그마에서 보급을 하고 휴식을 취했다. 내일 출발할 예정이었다.

"내가 좀 뜨거운 남자지."

유릭이 피식 웃으며 말했다. 창녀가 교성을 지르다가 고개를 저었다.

"그런 의미가 아니라, 진짜 몸이 뜨겁다고요. 안색도 안 좋고요. 병이라도 있어요?"

"엉?"

창녀가 유릭의 이마에 손을 댔다. 그녀가 화들짝 놀라며 유릭을 쳐다봤다.

"저, 저기. 이마가 엄청 뜨거운데요."

"그… 래?"

유릭이 행위를 멈추고 자신의 이마에 손을 댔다. 스스로 생각해도 불덩이 같은 이마였다.

"어라?"

유릭이 비틀거렸다. 그가 숨을 가쁘게 내쉬었다. 자각하자 증상이 밀려왔다.

쿵.

벽에 몸을 기댔다. 시야가 어지럽다. 바닥과 천장이 뒤바뀌는 느낌이었다.

"손님?"

창녀가 당황하며 이불을 끌어 올렸다.

"괜찮아. 별거 아니야. 돈을 냈으니까 일은 마저 끝내야지……. 어? 어? 우웩."

유릭이 벽을 짚으며 허리를 숙였다. 오늘 아침에 먹은 걸 죄다 게워냈다.

'내 몸이 어떻게 된 거지?'

창녀가 인상을 찌푸렸다.

"도, 돈은 돌려드릴 테니까 돌아가세요. 당장!"

창녀가 포주를 부를 기세로 말했다. 유릭이 고개를 끄덕이며 비틀비틀 숙소로 돌아갔다. 대절한 여관에는 용병이 몇 명 있었다.

"유릭?"

용병들이 유릭을 바라봤다. 딱 봐도 유릭의 상태가 안 좋았다.

"열이 좀 날 뿐이야. 저번에 상처가 곪았나 보지, 뭐."

유릭이 방으로 들어가더니 침대에 누웠다. 용병들이 웅성거렸다.

'유릭이 병들었다.'

별거 아닌 몸살일 수도 있다. 다음 날 멀쩡하게 일어난다면 그뿐이다.

유릭은 다음 날도 일어나지 못했다. 오히려 상태가 더 안 좋아졌다. 용병들이 모여서 의논을 했다. 그 옆에는 파헬과 필리온도 있었다.

"유릭의 상태는 좀 어때?"

"잘 모르겠어. 진짜 상처가 안으로 곪은 거 아니야? 저번에 완전 엉망진창이었잖아."

"의사라도 불러오자고. 도시니까 의사 한둘 정도는 있겠지."

바크만이 빠르게 움직여서 의사를 수소문했다. 밤이 되기 전에 의사가 왕진을 왔다.

"뭐야? 푹 자고 나면 나을 건데, 왜 사람까지 불러와?"

유릭이 말하자, 바크만이 인상을 썼다.

"입 닥치고. 진찰이나 받아."

"하아, 그래. 그래. 어디 진찰이나 해보라고. 난 건강해. 하루만 더 지나면 싹 나을걸?"

유릭의 투덜거림을 들은 의사가 주변 용병들을 바라봤다.

"누가 환자 입 좀 막지? 곧 죽어도 재잘거릴 양반일세."

"큭큭. 쿨럭."

유릭이 웃다가 가슴이 아파서 기침을 했다.

"몸이 엉망이로군. 어디서 고문이라도 받다가 탈출이라도 한 건가?"

의사가 말했다. 그 말을 들은 파헬이 뒤에서 움찔했다.

"고문은 받은 적 없고 쇠붙이에 몸이 좀 찢겼지."

유릭이 말했다. 의사가 유릭의 몸을 좌우로 굴리며 샅샅이 살폈다.

"시발. 다들 잘 지켜봐! 아무래도 내 엉덩이를 노리는 것 같으니까!"

그 말을 들은 의사가 유릭의 등짝을 세게 쳤다.

"금화만 아니었으면 내가 뭐 하려고 남자 몸을 더듬겠나? 흠, 상처는 곪은 게 아닌 듯한데. 뼈가 부러져서 안으로 찔린 상처가 있나?"

"뼈는 안 부러졌어."

"아무래도 기력이 쇠한 것 같군."

"뭐?"

유릭이 어처구니가 없다는 듯이 대답했다.

"자네는 아니라고 하지만, 지금 몸 상태는 모진 고문을 받고 나온 거나 다름없네. 그런 몸은 약해져서 병이 침투하기 쉽지. 말투를 보니 야만인 같은데, 야만인들은 풍토병에 잘 걸려."

"병은 무슨! 난 평생 병에 걸려본 적이 없다고!"

그 말을 들은 바크만이 옆에 웃었다.

"아직 스물도 못 먹은 어린놈이니까 병에 걸린 적이 없겠지. 악쓰지 말고 침대에 누워. 휴식이 최고니까."

바크만의 말에 용병들이 키득키득 웃었다.

"제아무리 건강한 사람이라도 상처 입고 지치면 몸이 약해지는 법이네. 충분히 휴식을 취하고 깨끗한 물을 마시게나. 해열제를 처방해 주지."

의사가 약초를 뭉친 환약을 몇 알 꺼냈다. 바크만이 의사에게 돈을 지불했다.

"의사가 하는 말 들었지? 푹 쉬라고, 아우님."

바크만이 문을 닫고 나갔다. 유릭이 눈을 감았다. 피로 때문에 잠이 밀려왔다. 잠을 아무리 자도 부족했다. 그의 육체는 그만큼 지쳐 있었다.

용병들이 모여서 웅성거렸다.

"유릭의 상태가 꽤 심각해 보였지?"

"입만 살아서 날뛰는 꼴이었어."

"만약을 대비해 새로운 대장을 생각해 두는 것도 괜찮겠지."

용병들은 유릭을 좋아했다. 그렇다고 병에 걸린 용병대장을 끝까지 따라갈 생각도 없었다.

"다들 시끄러. 유릭은 금방 일어날 거다. 출발 준비나 잘해 둬. 일정이 조금 늦어질 뿐이야."

바크만이 1층으로 내려오며 말했다. 용병들은 그 말에 호응하지 않았다.

'제기랄.'

바크만은 속으로만 욕을 내뱉었다.

'다른 용병들을 탓할 건 없어. 당연한 거다. 약해지면 물러나는 거지.'

유릭이 용병대장으로 인정받았던 까닭은 그 누구보다 강했기 때문이다. 유릭의 무용 때문에 도노반조차 찍소리하지 못했다.

'유릭이 쓰러지면, 아마도 다음 용병대장은 도노반이다.'

바크만은 초조했다. 도노반을 대장으로 두고 함께해 나갈 자신이 없었다.

'쓰러지면 안 돼, 유릭. 제발.'

검투사 시절부터 바크만은 유릭에게 모든 걸 걸었다. 도박은 성공했고, 바크만은 유릭의 측근으로 간부 취급을 받았다.

"바크만."

파헬이 바크만을 불렀다.

"무슨 일입니까? 도련님."

바크만이 고개를 들자, 파헬이 고갯짓을 하며 따라오라 했다.

끼익.

바크만이 파헬의 방으로 들어갔다. 그 안에는 필리온도 있었다.

'유릭과 가장 가까운 측근이 바크만이지.'

파헬과 필리온도 용병단의 권력 구조를 어느 정도 파악했다.

'유릭과 바크만은 친밀한 사이. 도노반은 친유릭파는 아니지만 능력이 출중하고 용병단 내에 자기 세력이 나름 있어. 스벤은 북부 야만인을 중심으로 제3의 세력을 갖추고 있지.'

바크만이 파헬과 필리온을 번갈아 보다가 자리에 앉았다.

"무슨 일입니까? 필리온 경."

"묻고 싶은 게 있어서 따로 보자고 했네."

"바깥의 용병들은 우리가 이렇게 따로 만나는 걸 좋게 보진 않을 겁니다. 빨리 이야기를 끝내죠."

"만약에 유릭이 이대로 회복하지 못한다면 다음 용병대장은 누가 될 것 같나?"

필리온이 걱정스레 물었다.

"제가 용병대장을 하고 싶어도 다른 용병들이 인정하지 않을 겁니다. 그나마 스벤과 도노반이 다음 후보인데, 스벤은 용병대장을 하고 싶은 욕심이 없겠죠. 그 양반은 좀 초탈한 면이 있어서요."

"도노반이 용병대장이 된다면 우리와 계약을 계속 유지할까?"

뒤에 앉아 있던 파헬이 말했다.

"용병대장이 바뀌더라도 계속 일을 이어받는 게 관례이지만, 그 녀석 생각은 저도 잘 모르겠군요. 그보다 유릭이 쓰러진다면 저는 용병단에서 나갈 겁니다. 중도이탈이라 따로 돈을 챙겨 받진 못하겠지만 도노반 밑에서 일하는 것보단 낫죠."

바크만이 쓰게 웃었다. 그가 자리에서 일어나서 방을 나갔다.

파헬과 필리온이 방에 남아서 앞일을 의논했다.

"왕자님, 새로운 용병단을 구해보는 것도 나쁘지 않을 것 같습니다. 다른 용병을 수소문해 보죠."

필리온이 말하자, 파헬이 고개를 저었다.

"아직 유릭이 죽지 않았어. 생각만 너무 앞서는군, 필리온 경."

파헬이 단호하게 말했다. 필리온이 움찔했다.

'왕자님이 저런 말을 하다니.'

여태까지 떼를 쓰던 단호함과는 달랐다. 자신의 판단과 생각을 남에게 명료하게 말했다.

"그렇다면 왕자님은 다른 계획이라도 있으십니까?"

"태양신 루가 우리를 지켜보고 있어. 맹세를 깨트릴 생각부터 한다면 부정을 탈 거다. 여긴 발그마야. 국경 근처의 도시라서 이방인이 많지. 나는 병을 치료할 만한 사람을 더 찾아볼 테니, 경은 용병단의 움직임을 주시해."

"명을 따르겠습니다."

필리온이 고개를 살짝 숙이며 예를 갖췄다. 그는 가슴이 울컥했다.

'역시 왕가의 피가 흐르는 분이시다. 그간 이분을 둘러싼 환경이 문제였을 뿐.'

파헬이 창밖을 바라봤다. 그의 푸른 눈동자가 빛나듯 선명했다.

"용병대장 유릭은 신의가 있는 사람이다. 능력도 출중하지. 이미 약조한 이상 목숨을 바쳐서라도 나를 지킬 거야. 설사 다른 용병단을 고용하더라도 그만한 사내가 있을 리가 없어. 오히려 추적대만큼이나 우리 옆의 용병들을 경계해야겠지."

파헬은 두 눈으로 직접 봤다. 유릭은 목숨을 걸고 자신을 지켰다. 버리고 도망가거나 팔아넘길 기회가 몇 번이나 있었는데도 유릭은 그러지 않았다.

'고결하다는 건 그런 걸 보고 말하는 거다. 말로만 고결하다고 고결해지는 게 아니야.'

유릭의 존재는 파헬에게 크나큰 충격이었다.

"몸조심하십쇼, 왕자님."

파헬은 호위기사 하나를 데리고 여관을 빠져나왔다. 그는 다른 선술집들을 오가며 의술 지식이 있는 사람을 찾아다녔다.

"의사도 별다른 뾰족한 수를 내지 못했는데, 다른 사람이라고 다를 건 없지 않을까요?"

호위기사가 말했다. 파헬이 고개를 저었다.

"야만인의 몸은 오히려 문명인보다 야만인들이 더 잘 알아. 야만인들의 의술이 더 잘 들을 수도 있지."

파헬은 책에서 본 적이 있었다. 그는 북정기(北征記)와 남정기(南征記)를 둘 다 읽었다. 선대 황제가 야만인 정복을 하면서 기록한 책이었다. 야만인들의 풍습과 행동에 대해서도 잘 기록되어 있었다.

"그래도 신분 노출은 조심하셔야 합니다. 국경은 넘었지만 하르마티 공작은 포기하지 않을 겁니다."

"알고 있어."

파헬이 다음 선술집에 들어섰다. 맥주 냄새와 악취가 뒤섞인 곳이었다.

"음."

파헬이 애써 침착하게 안으로 들어갔다. 사람들의 시선이 파헬을 훑었다.

"한 잔."

파헬이 앉으며 말했다. 선술집 주인이 이맛살을 찌푸렸다.

"맥주는 한 잔만 시키면서 사람은 두 명이군요, 손님."

"……두 잔 줘."

"여기 있습니다!"

선술집 주인이 그제야 웃으면서 맥주잔을 내밀었다. 맥주가 찰랑이며 넘쳤다.

여기저기서 떠드는 목소리가 들린다. 2층 천장이 들썩이면서 남녀가 뒤엉킨 신음도 났다. 파헬이 신중하게 주변을 둘러봤다. 어느새 맥주잔이 비었다.

"뭘 그리 찾으십니까? 손님."

선술집 주인이 묻지도 않고 파헬의 맥주잔을 채웠다.

"야만인 치료사를 찾고 있어. 혹시 아는 사람이 있나?"

"야만인 치료사라. 주술사 같은 사람을 말하는 거군요. 글 쎄요. 어이! 어딜 가? 주니바. 3할은 나한테 떼 줘야지. 어딜 도망가려고!"

선술집 주인이 2층에서 내려오는 여자를 보며 소리를 질렀 다. 그는 선술집 주인 겸 포주였다.

"오해 마세요. 주려고 했어요. 잠깐 화장실이 급했을 뿐이 에요."

"너 같은 야만인 년을 써주는 곳은 여기밖에 없다고. 당장 돈이나 내놔."

선술집 주인이 주니바의 돈을 강탈하다시피 했다. 주니바 는 순순히 동전을 내밀었다.

"어머, 잘생긴 도련님이시네. 어때요? 저랑 위층에 가실 래요?"

주니바가 파헬을 보며 말했다. 그녀의 억양은 남부식이었 다. 북부식 억양은 거칠고 딱딱하고, 남부식 억양은 노래하듯 높고 부드럽다. 덕분에 남부식 억양을 가진 여자들은 인기가 많았다.

"그럴 생각으로 온 게 아니야. 너도 야만인인가?"

파헬이 주니바를 보며 말했다. 주니바 대신에 선술집 주인 이 대답했다.

"그냥 야만인 창녀입니다. 관심 가질 필요 없어요. 돈만 주면 뭐든 하는 년이죠. 괜히 가까이했다간 쥐도 새도 모르게 돈주머니를 훔쳐 달아날 겁니다. 야만인 치료사를 찾는 거라면 제가 한번 수소문해 보죠. 야만인들도 여길 자주 들르니까요."

선술집 주인이 주니바를 대놓고 경멸하며 말했다. 주니바는 익숙하다는 듯이 파헬에게 눈웃음을 쳤다.

"부탁하네. 내일 다시 오지."

파헬이 맥주를 반쯤 남기며 일어섰다. 선술집 주인이 먹다 남긴 맥주를 다시 맥주통에 집어넣었다.

"또 오십쇼! 손님!"

선술집 주인이 파헬의 등에 대고 외쳤다.

저벅, 저벅.

선술집을 나온 파헬이 골목길을 걸었다. 호위기사가 파헬의 귀에 속삭였다.

"아까 그 창녀가 우릴 쫓아오고 있습니다."

파헬이 뒤를 돌아봤다. 주니바가 따라오던 걸음을 멈추며 고개를 살짝 숙였다.

"야만인 치료사를 찾고 있다고 들었습니다, 도련님."

주니바가 웃으며 말했다.

"그래, 나는 창녀를 찾는 게 아니야."

"좋은 치료사는 곧 우수한 주술사이고. 우수한 여자 주술사는 남자를 쥐어짜는 기술을 잘 알고 있어요. 도련님, 전장에서 상처를 입은 전사들을 위로하는 것 역시 치료사의 역할이죠."

파헬이 잠시 생각했다. 책에서 비슷한 말을 본 적이 있었다.

'야만인 주술사는 여자도 많으며, 여자 주술사들은 전사들의 몸과 마음을 둘 다 치료한다고 적혀 있었지.'

남부인들은 제국과 가장 빨리 동화된 야만인들이다. 원래도 남쪽 왕국들과 교류가 잦았으며, 그들도 태양 숭배 사상을 가진 탓에 태양교에 대한 반감이 적었다. 결국 남부 야만인들은 전쟁 일 년 만에 대부분의 부족이 투항했다.

"도련님도 창녀를 살 줄 아나 보네?"

용병들이 말했다. 파헬과 주니바가 숙소 안으로 들어왔다.

"창녀가 아니라 치료사를 데려온 거다."

파헬이 인상을 찌푸리며 말했다.

"돈만 주신다면 전자도 못 할 거야 없죠."

주니바가 뒤에서 말했다. 용병들이 휘파람을 불며 음담패설을 속삭였다.

"그만! 내가 너를 데려온 것은 치료를 위해서다. 그 외에는 집어치워."

파헬이 소리를 질렀다.

끼익.

주니바와 파헬이 유릭의 방으로 들어갔다. 주니바가 눈을 가늘게 떴다.

"북부인인가요?"

"나도 정확히 몰라. 남부든 북부든 야만인인 건 마찬가지지."

파헬이 그 뒤에 앉았다. 그는 돈주머니를 짤랑거렸다.

"확실히 열이 엄청나게 높아 보이는군요. 열병에 시달리고 있어요."

주니바가 유릭의 벌건 얼굴을 보며 말했다.

"그런 뻔한 말을 듣자고 너를 데려온 게 아니다. 그 사내, 유릭을 낫게 해주면 백만 씰을 주지. 적은 돈은 아닐 터."

파헬이 말했다.

"금화 백 닢은 주시죠, 도련님."

주니바가 옅은 웃음을 흘리며 말했다. 금화 백 닢은 천만 씰이다.

"원한다면 줄 수는 있지."

파헬이 푸른 눈동자를 치켜떴다. 그가 칼을 뽑아서 바닥에 세웠다.

"……하지만 천만 씰을 받고자 한다면 목숨을 걸어라. 치료에 실패하면 나는 네 목을 거둘 거다."

파헬이 이를 바득 깨물었다.

'큰 기대는 하지 않는다. 일개 창녀가 돈을 노리고 접근한 것일 수도 있지.'

거짓부렁으로 지껄인 여자라면 이쯤에서 도망가리라 생각했다.

"천만 씰. 태양신 루에게 맹세하시죠, 도련님."

주니바가 파헬에게 다가왔다. 그녀가 파헬의 가슴팍에 손을 집어넣더니 태양 펜던트를 꺼냈다.

"내 몸을 함부로 만지지 마라! 루의 이름 앞에서 맹세하지. 유릭을 치료한다면 금화 백 닢을 지불하겠다."

"루께서도 그 말을 들었을 겁니다."

주니바가 나긋하게 허리를 숙였다. 그녀가 유릭의 옆에 앉았다.

'흉측한 상처가 많아. 분명 생사를 수없이 넘어온 전사겠지.'

주니바는 유릭의 육체를 보며 그리운 느낌을 받았다. 당장이라도 안기고 싶은 몸이었다.

스륵.

주니바는 손을 뻗어서 유릭의 이마를 매만지려 했다.

"아앗."

유릭이 눈을 번쩍 뜨더니 주니바의 손을 낚아챘다. 유릭의 눈동자가 주니바와 파헬을 번갈아 봤다.

"뭐야, 파헬이잖아? 이 여자는 또 뭔데? 아무리 나라도 지금은 여자를 안기는 힘들다고. 정성은 고맙지만서도……. 읍, 시발. 또. 우엑."

유릭이 고개를 숙여서 길게 토했다. 속에는 든 게 없어서 희멀건 액만 나왔다.

"창녀가 아니야. 너를 위해 데려온 치료사다."

파헬이 눈을 감으며 유릭이 토하는 장면을 보지 않았다. 파헬은 비위가 안 좋은 편이다. 구역질 소리만 들어도 속이 느글느글했다.

"카악, 퉷. 이 계집애가? 주술사인 거냐?"

유릭이 가까스로 상체를 일으키며 말했다. 그가 어질어질한 눈으로 주니바를 쳐다봤다.

"좀 어떤가요?"

"뒈질 것 같아. 술을 토하기 직전까지 먹은 상태인데, 누군가 내 머리 뚜껑을 따고 그 안에 술을 부어 넣는 느낌이라고."

"말하는 걸 보니 아직까지 열독이 머릿속까지는 들어가지 않은 모양이네요."

주니바가 유릭의 이마를 매만졌다.

'차가워서 기분이 좋네.'

주니바의 차가운 손이 유릭의 열기를 잠시나마 흡수했다.

"저도 수많은 강건한 전사들이 질병에 시달려 죽는 걸 봤습니다."

"죽어? 죽긴 누가 죽어. 개소리하지 마."

"죽은 전사들도 한결같이 그런 말을 했죠. '내가 죽을 리가 없다. 내가 이대로 죽을 것 같으냐'라고. 하지만 죽음은 만인에게 공평해요. 육체라는 허물은 언젠가는 벗어야 하죠. 그 때는 누구도 알 수가 없어요."

주니바가 차분하게 말했다.

"그런 설교나 하자고 여기에 온 게 아닐 텐데? 주니바."

파헬이 뒤에서 말했다. 그는 익숙지 않은 칼을 잡고 있었다. 난생처음 무력으로 협박을 하는 거라 그 태도가 어색했다. 주니바가 피식 웃었다.

"누구에게나 타고난 생명력이 있습니다. 어떤 이들의 생명력은 연못만큼 적고, 어떤 이들은 호수만큼 많죠. 생명력이 적은 자는 잔병치레가 잦고 오래 살지 못합니다. 반대로 생명력이 강한 자는 어떤 상처와 병도 금방 극복하고 일어나죠."

"그래서?"

"전사님은 젊은 나이에 타고난 생명력을 대부분 써버리고 말았군요. 평생을 거쳐 써야 할 생명력이 이미 바닥을 보이고 있어요. 병마가 찾아온 것도 그 때문이죠. 호시탐탐 전사님의 몸을 노리던 병마들이 생명력이 약해지자마자 몰려온 겁니다."

"내 생명력이 바닥이 났다고?"

"다른 사람 같으면 평생을 쓰고도 남을 생명력이었을 겁니다. 죽기 직전까지 병 한 번 안 걸리고, 건강하게 살 수 있었겠죠. 그토록 거대한 생명력이 젊은 나이에 바닥날 정도로 열정적으로 살았군요."

주니바가 두 손으로 유릭의 손을 잡았다.

"그러면 나는 죽는다는 건가?"

유릭은 더 이상 화를 내지 않았다. 담담하게 물어봤다.

"병마를 이기지 못할 겁니다. 생명력이 바닥났으니까요."

"그래? 파헬, 이제 어떡하지? 나 죽는다는데? 호위를 끝까지 못해서 미안하게 됐어. 제국 수도는 보고 싶었는데. 제길."

유릭이 파헬을 보며 말했다. 파헬이 이를 바득 갈았다.

"아무래도 사이비인 것 같군. 저 여자보다 더 좋은 치료사를 데리고 오지."

파헬이 일어섰다. 주니바가 손을 들었다.

"아직 치료를 못 한다고 말하진 않았어요, 도련님. 성급하군요."

"날 농락하는 거냐? 치료 방법을 말해라. 주니바, 나는 인내심이 엄청 없는 철부지야. 내 맘대로 일이 되지 않으면 무슨 짓을 저지를지 모른다고."

파헬이 차갑게 말했다.

"생명력이 바닥났으면 그 생명력을 다시 채우면 됩니다. 사흘만 주시면 제가 약을 만들어 오죠. 생명력을 다시 가득 채울 약 말이죠. 대신 선금이 필요해요. 이백만 쎌 정도만 먼저 주세요, 도련님."

주니바가 실눈으로 웃었다.

"필요한 재료가 있으면 내가 직접 구해주지. 내가 뭘 믿고 선금을 네게 주지?"

"태양신에게 맹세하죠."

"창녀의 맹세를 믿을 수 없어. 하물며 너는 야만인이지. 남부의 태양 숭배 대상이 루와 동일한 신인가에 대해서는 아직도 논란이 많아."

"깐깐하시네요, 도련님. 그럼 이만."

주니바가 일어섰다. 그녀가 문밖으로 걸어 나갔다. 발걸음에는 미련이 없었다.

"잘 생각했어, 파헬. 보나마나 사기꾼이겠지. 생명력이 바닥나? 나도 미쳤지. 잠시나 그런 헛소리에 귀가 솔깃했어. 몸이 약해지면 머리가 멍청해지거든. 어쨌든 잘 먹고 잘 쉬면 금방 건강해질 거야. 걱정할 것 없어."

유릭이 기침을 하다가 침대에 누웠다.

'그렇게 커 보이던 유릭이 이제는 다른 용병들과 다를 바 없어 보여. 항상 유릭을 둘러싸던 기세가 사라졌다. 그게 만약 생명력이라는 거라면…….'

파헬이 유릭을 보며 입술을 깨물었다. 그가 주먹을 굳게 쥐며 밖으로 나갔다. 그는 용병들과 화대를 협상하는 주니바를 불렀다.

"지불하겠다! 주니바! 반드시 유릭을 치료해라."

주니바가 기다렸다는 듯이 웃었다. 그녀는 옆에 있던 용병의 뺨에 입을 맞추며 작별인사를 했다.

"최선을 다하죠, 도련님."

파헬에게 선금을 받은 주니바가 혀를 내밀었다. 그녀의 혀에는 작은 구슬이 박혀 있었다. 남자를 기분 좋게 해주는 용도였다.

Chapter 10

툭.

용병 하나가 바크만의 어깨를 치고 갔다. 바크만이 이맛살을 씨푸리며 뒤를 돌아봤다.

"눈을 얻다 두고 다니는 거야?"

바크만이 말하자, 용병이 헛웃음을 터트렸다.

"그쪽이 피하면 되잖아. 왜 지랄이야?"

"일부러 부딪친 거 다 보여, 새끼야."

바크만도 살벌한 웃음을 지었다. 용병들의 세계는 사납다. 얕보이면 서열에서 눌린다.

'제기랄, 검투단 출신도 아닌 신입에게 무시를 당하다니.'

자존심이 제대로 구겨졌다. 바크만은 그냥 물러날 생각이 없었다.

'여기서 사과를 받지 못하면 내 스스로 지위가 떨어졌다고 인정하는 셈이야.'

바크만이 팔을 뻗어서 어깨를 친 용병을 막았다.

"나한테 사과해라."

"사과? 서로 부딪쳤는데 내가 왜 사과해? 대가리에 화살 맞았어? 엉?"

용병이 당장이라도 박치기할 기세로 얼굴을 들이밀었다.

'도노반 파벌.'

바크만과 시비가 붙은 용병은 도노반 파벌이었다. 벌써부터 도노반 밑으로 줄을 서는 용병들이 보였다.

'빌어먹을. 유릭.'

유릭은 대범하다. 모든 일을 크게 본다. 도노반 파벌에 있다고 자잘하게 불이익을 주거나 그러지 않았다. 그래서 셈이 빠른 용병들이 도노반 파벌에 붙었다.

'그게 유릭이 용병단을 이끄는 방법이지만⋯⋯.'

유릭은 타고난 전사장이다. 전사라면 따를 수밖에 없는 존재였다. 대장이 되고자 발악하지 않아도 자연스레 전사들 위에 서는 자. 그렇기에 유릭은 머리를 굴려가며 남을 견제할 이유가 없었다.

'하지만 나같이 평범한 놈은 머리를 바짝 굴려야 겨우 자리를 보존할 뿐이지.'

용병이 손을 뻗어서 바크만을 밀쳤다.

"사과를 받고 싶으면 칼로 받아보시지. 루께서 누가 잘못했는지 가려주시겠지."

주변이 술렁였다. 명백한 결투 신청이었다.

'흥, 유릭의 뒤나 졸졸 쫓아다니는 주제에. 이번에 혼쭐을 내주지.'

바크만은 기껏해야 용병단 평균 정도의 싸움 실력이다. 그의 장기는 사교성과 잽싼 눈치다.

"내가 우습게 보이는가 본데, 후회한다."

바크만이 이를 바득 깨물었다. 그도 남자다. 이런 상황에서 물러난다면 평생 놀림거리가 된다.

'제길! 아무나 좀 중재해 줘!'

속으로는 그렇게 외쳤다. 평소에는 이런 일이 있으면 유릭이 나타나서 한 명씩 쥐어박고 '꼬우면 둘 다 덤벼. 대가리를 사이좋게 쪼개주지. 태어난 날은 달라도 죽는 날은 같겠군!'이라고 말했을 터다.

"그만두게."

스벤이 성큼성큼 걸어오더니 바크만과 용병의 팔을 붙잡았다.

우드드득!

스벤의 손아귀에 힘에 잔뜩 들어갔다. 유릭만큼은 아니라

도 상당한 괴력이었다. 양손도끼를 평생 다룬 야만인의 악력
이다.

"으으읏!"

"끄윽!"

바크만과 용병이 자지러지듯 신음을 흘렸다.

"사이좋게 악수하게. 손모가지 부러트리기 전에."

스벤이 강제로 두 사람의 손을 붙였다.

"운, 운이 좋군. 바크만."

"너야말로."

스벤의 중재 덕분에 결투는 없었다. 싸움을 말린 스벤이 용
병들에게 말하듯 중얼거렸다.

"대장이 약해지자마자 서로 물어뜯으며 서열 싸움하는 건
짐승들이나 하는 짓이지."

스벤이 혀를 찼다. 그는 묵직한 사람이었다. 자신의 목숨을
구해준 호루스에 대한 의리를 지키기 위해 검투사 노예로 불
만 없이 싸웠으며, 동족을 해방시키는 데 재산을 전부 썼다.
용병단 내에서 스벤만 한 인격자는 없었다.

"스벤, 잠깐 이야기 좀 할 수 있을까?"

바크만이 손목을 주무르며 말했다. 스벤이 고개를 끄덕
였다.

"유릭이라는 구심점이 사라지자마자 이 지경이라니. 한심

하군."

스벤이 바깥에 있는 용병들을 보며 말했다.

"스벤, 만약 유릭이 일어나지 못하면 네가 용병대장을 해줘. 내가 지지해 주지."

바크만이 바로 용건을 꺼냈다. 스벤이 수염을 매만지며 낮게 웃었다.

"형편없군, 바크만. 자넨 전사의 그릇이 아니야. 어부를 하든가, 근처 경비대나 들어가면 딱 맞는 사람이지."

"그럴지도. 하지만 지금 나는 용병이야. 돈 벌 기회를 놓치긴 싫어."

바크만은 세속적이고도 지극히 소시민적인 사람이었다. 그는 영웅의 상이 아니다.

'하지만 대부분의 사람들이 바크만과 다를 바 없지.'

스벤이 수염을 길게 쓰다듬다가 대답했다.

"대답은 거절이네. 유릭이 대장 역할을 못 한다면 나는 용병단을 그만두고 북쪽으로 갈 걸세."

"이번 의뢰는 어떻게 하고?"

"나는 맹세하지 않았어. 태양신 루는 북부인들의 신이 아니지. 다른 북부의 형제들은 용병단에 남을지 모르지만, 적어도 나만큼은 북부의 성지로 돌아갈 걸세."

스벤의 생각은 단호했다. 바크만은 더 이상 말해봐야 의미가 없다고 생각했다.

"알았어. 유릭이 일어나느냐 마냐에 따라 내 운명이 바뀌겠군."

바크만이 스벤과의 대화를 끝냈다. 바깥으로 나가자 용병들의 시선이 느껴졌다.

'도노반.'

도노반이 자신의 패거리와 함께 주사위 놀이를 하고 있었다. 도노반은 바크만을 보며 누런 이를 드러냈다.

'제기랄. 저놈이라면 스벤이 용병대장을 할 리가 없다는 걸 알겠지. 아주 여유가 넘치는군.'

도노반은 인내심이 있는 남자였다. 그는 유릭 밑에서 꿋꿋이 기다렸고, 지금 기회를 잡았다.

"오늘따라 주사위 운이 좋군."

도노반이 말했다.

사람은 열병에 걸리면 꿈을 꾼다. 의식이 두 개로 갈리고 얕은 의식이 깊은 무의식을 들여다본다.

'숲과 초원.'

유릭은 고향 땅을 봤다. 수렵과 채집으로 살아가는 사람들.

땅의 자원이 고갈되면 다른 부족들의 터전을 침략해 새로운 터를 닦기도 했다.

'우리는 할 수 있어.'

농사, 도시, 문명.

유릭은 고향 땅에 문명을 전파하고 싶었다.

열이 더 높게 차올랐다. 숨이 가빠진다. 의식이 빨갛게 젖어갔다. 불꽃이 보인다.

'하늘산맥.'

저승의 세계라는 건 거짓말. 그곳은 문명인의 세계.

'태양신 루.'

인간은 태양을 똑바로 쳐다보지 못한다. 태양을 쳐다봤다간 눈이 먼다.

'이대로 죽으면 내 영혼은…….'

태양신 루의 교리는 윤회를 바탕으로 하고 있다.

태양신 루는 죽은 인간들의 영혼을 인도한다. 태양의 품에서 정화된 영혼은 지상으로 다시 내려와 환생한다. 산 자들은 언젠가 죽은 자들을 다시 만난다. 인간사는 수많은 윤회 속에 얽혀 있다. 서로 기억하지 못할 뿐.

'나는 모든 걸 잊고 다시 태어나는 건가?'

유릭이 낯선 감촉에 눈을 작게 떴다. 그의 침대는 땀으로 흠뻑 젖어 있었다.

"유릭."

파헬의 목소리였다. 유릭은 메마른 입술을 움직였다. 목소리가 잘 나오지 않았다.

'이대로 죽는 건가.'

죽음이 보인다. 가슴의 불꽃이 작아진다.

"이걸 마셔."

파헬이 유릭의 입안에 뭔가를 흘려보냈다.

'이게 효과가 있을까?'

파헬도 의구심이 들었다.

'빌어먹을 창녀 같으니.'

주니바는 그 뒤로 모습을 드러내지 않았다. 약속된 사흘이 지난 뒤에야 심부름꾼을 통해 죽 하나를 보냈을 뿐이었다.

"먹기 힘들겠지만 천천히 씹어서 삼켜."

걸쭉한 죽이었다. 건더기가 작고 부드러워 그냥 삼켜도 될 정도였다. 고기가 충분히 들어가서 기름기가 둥둥 떠다녔다.

파헬도 살짝 맛을 봤다. 단맛과 고기의 감칠맛이 뒤섞인 죽이었다. 상당히 질이 좋은 고기를 쓴 듯했다.

'생명의 죽.'

심부름꾼은 그렇게 말했다. 주니바가 보내온 생명의 죽이라고.

"쿨럭."

죽을 마시던 유릭이 기침을 했다. 유릭이 눈을 크게 떴다.

"유릭?"

유릭이 파헬의 그릇을 뺏어 들었다. 그릇에 얼굴을 파묻듯 허겁지겁 음식을 먹어치웠다. 간만에 식욕이 돈 모양이었다.

"꺼억."

유릭이 길게 트림을 하더니 죽은 듯이 침대에 누웠다.

'의식이 있었던 게 아니라, 그냥 짐승처럼 먹고 자는군.'

파헬이 누운 유릭을 바라봤다. 혈색은 여전히 안 좋았다.

"나는 음식 따윌 내오라고 돈을 준 게 아니다, 주니바."

파헬이 자리에서 일어섰다. 그는 주니바를 만났던 선술집으로 향했다. 해가 지고 있을 무렵이라 거리가 스산했다. 경비병들이 오가는 게 보였다.

'여기서 시간을 너무 많이 보냈어.'

파헬은 초조했다.

'유릭을 버리고 가야 돼.'

다른 방도가 없었다. 유릭의 병이 낫지 않는다면 두고 갈 수밖에 없다.

'나는 왕이 될 거야. 여기서 더 얽매이지 않겠어. 쫓아오지 못하면 두고 갈 뿐.'

파헬이 선술집의 문을 열었다. 선술집 주인이 파헬을 기억했다.

"다신 안 오시는 줄 알았습니다, 손님. 야만인 치료사는 마땅히 없더군요. 설사 치료사라고 하더라도 요즘 세상에 그런 걸 밝히는 사람도 드물긴 하죠."

선술집 주인이 주문하지도 않은 맥주를 내놓으며 말했다.

"그건 됐어. 묻고 싶은 게 있다. 주니바라는 창녀는 어디에 있지?"

"저번에 손님이 온 뒤로 보이지 않더군요. 손님이 큰돈이라도 쥐여주고 며칠 질펀하게 노는 줄 알았죠. 뭐."

"어디에 사는지도 모르나?"

"창녀들에게는 모든 남자의 집이 자신의 집입니다. 침대에서 재워줄 남자가 수두룩하니 말이죠. 혹시 그년에게 당한 겁니까?"

선술집 주인이 비웃음을 흘렸다. 파헬은 대답하지 않았다.

"제가 주머니를 조심하라고 하지 않았습니까. 그년들은 죄다 도둑이라니까요. 남부 억양이 좀 신비로운 느낌이 드니까 속기 딱 좋죠. 혹시 자기가 치료사라고 하덥니까? 이야, 제가 정곡을 찔렀군요. 수업비라고 생각하세요. 창녀들은 죄다 사기꾼입니다."

"혹시라도 주니바를 보면 내게 연락해 주게. 사례는 충분히 하지."

파헬이 자신이 머무는 여관 이름을 말했다. 선술집 주인이

흔쾌히 고개를 끄덕였다.

"그리고 외지인이 너무 수상하게 다니지 않는 게 좋을 겁니다. 또 사건이 터졌거든요."

"사건?"

"신생아가 또 납치당했습니다. 아마도 뱀교 잔당의 짓이겠죠. 더러운 사교도들 같으니."

파헬이 고개를 끄덕이며 선술집을 빠져나왔다. 속이 부글부글 끓었다. 불쾌함만이 감돌았다.

"왕자님, 이제 시간이 없습니다. 오늘은 출발해야 합니다."

날이 밝았다. 벌써 채비를 갖춘 필리온이 파헬을 깨웠다.

"용병들은?"

"새로운 대장을 정하고 있습니다."

파헬이 옷을 걸치며 밑으로 내려갔다. 1층에는 모여든 용병들로 바글바글했다.

"대신할 사람이라면 도노반밖에 없지."

"그럼 용병단 이름도 바꿔야 하지 않나?"

"일단 조용히 해. 용병단에 계속 잔류할 사람만 투표하라고."

용병들은 엉망진창이었다. 파헬이 고개를 저었다.

'끝장이다.'

유릭이 없는 용병단은 오합지졸이었다.

"도노반은 믿을 수 없는 사람입니다. 현실적인 놈이죠. 대
장이 바뀌었다는 명목으로 언제 배신할지 모릅니다. 계속 일
을 맡기려면 새로운 맹세를 받는 게 좋습니다. 그래도 독실한
신자인 것 같으니까요."

필리온이 도노반을 경계하며 파헬에게 조언했다. 파헬이 2
층에서 용병들을 내려다봤다.

"우린 오늘 출발한다. 용병단은 내부 정리가 되면 대표를
뽑아 나와 이야기하도록 하지."

파헬이 그렇게 말하곤 자리에 앉았다. 용병들이 저마다 다
른 시선으로 파헬을 쳐다봤다.

'저 도련님이 좀 변했군.'

용병들도 파헬의 변화를 조금씩 느꼈다. 소년이 남자가 되
어가고 있었다. 말투가 어른스러워지고 귀족다운 위압감이
흘렀다. 철없는 행동에 가려졌던 기품이 드러났다.

"용병대장으로 누가 나올 거야?"

용병들은 서로 눈치를 살폈다.

"내가 나서지. 나는 군 경험이 있고, 용병단 초창기부터 함
께했다. 자격은 충분하다고 봐."

도노반이 손을 들었다. 도노반 파벌의 용병들이 휘파람을 불며 환호했다.

'제길, 결국 나서는군.'

바크만이 주변의 눈치를 살폈다. 그도 그간 놀지 않았다. 다른 용병들을 설득하며 자신의 파벌을 만들었다.

'되든 안 되든 질러보는 거지. 내 인생에 이런 기회가 다신 오진 않을 거다.'

바크만이 뒤를 이어서 손을 들었다.

"나는 유릭이나 도노반처럼 싸움을 잘하진 않아. 하지만 용병단이 충분한 수익을 얻을 수 있도록 노력하지. 도노반처럼 틱틱거리는 성격을 가진 용병대장을 따라갈 거야? 난 똑같은 일을 해도 의뢰인에게 더 좋은 보수를 뜯어낼 자신이 있어."

도노반의 성격은 배타적이다. 자신의 패거리에게는 한없이 잘해주지만 패거리가 아닌 이들에게는 차갑다. 성격은 아무리 좋게 포장해도 까칠한 편이었다.

'능력의 도노반이냐, 사교성의 바크만이냐.'

용병들은 두 사람 중에 하나를 골라야 했다.

'내가 도노반을 투표로 이길 가능성은 낮아. 하지만 일단 질러본다.'

바크만이 도노반을 힐끗 쳐다봤다. 도노반이 고개를 옆으로 기울이며 바크만을 쳐다봤다.

"바크만, 네가 용병대장을 하겠다고 나올 줄이야."

"나도 자격은 충분해. 싸움 실력이 용병대장의 전부는 아니지."

"인정해. 그게 전부는 아니지."

도노반이 이를 드러내며 웃었다.

바크만의 눈동자가 떨렸다. 불안감이 바크만을 스쳐 갔다.

'뭐지? 뭔가 내가 놓친 게 있어.'

더 이상 후보는 나오지 않았다. 용병들이 오와 열을 맞춰 섰다.

"용병을 관두거나 기권할 놈들은 옆으로 빠져. 그래, 어디 보자."

투표에 참가하는 용병은 서른여덟 명이었다. 스벤과 북부인들처럼 용병을 관두거나, 투표에 관심이 없는 용병도 제법 많았다. 그들은 누가 용병대장이 되든 신경 쓰지 않았다.

"바크만을 지지하는 사람은 왼쪽, 도노반을 지지하는 사람은 오른쪽."

용병들이 눈치를 보며 움직였다.

"빨리빨리 움직여. 답은 정해졌잖아?"

도노반이 팔짱을 끼며 하품했다. 그가 자신들의 패거리를 보며 웃었다.

'생각보다 숫자가 비슷해. 어쩌면 내가 이길지도 몰라.'

바크만이 갈리는 인파를 보며 생각했다. 그가 주먹을 불끈 쥐었다.

"바크만, 난 항상 네가 싫었어."

도노반이 낮게 말했다.

"그거 우연이네. 나도 그렇거든. 항상 네 녀석 꼴이 보기 싫었어. 검투사 시절부터 늘."

"이번에 네가 후보로 나온 속셈도 뻔히 보여. 나와서 되면 좋은 거고, 안 되도 그만두면 끝이라는 생각이겠지."

도노반이 키득키득 웃었다. 그 웃음소리가 바크만을 불안케 했다.

'잠깐.'

바크만은 그제야 불안의 정체를 깨달았다.

'어째서? 도노반 파벌의 용병이 나를 지지하고 있는 거지?'

등골이 서늘했다. 바크만이 뭐라 말하려고 했지만 이미 투표가 끝났다.

"비겼어. 지지자 숫자가 똑같군."

투표를 진행하던 용병이 말했다.

삐걱.

도노반이 자리에서 일어났다. 그가 허리춤에서 칼을 뽑았다.

"그렇다면 루의 총애를 더 받는 쪽이 용병대장이 되는 게 맞겠지. 바크만! 무기를 들어라. 아니면 내 가랑이 사이를 기어가든가!"

도노반이 기다렸다는 듯이 말했다. 용병들이 소리를 지르며 싸움을 종용했다.

'이걸 노린 거였나. 용병대장 자리와 내 목을 둘 다.'

바크만이 눈을 감았다. 그가 기나긴 한숨을 토해냈다.

'내 꾀에 내가 넘어갔군. 투표가 비기도록 도노반이 미리 수를 썼어.'

감았던 눈을 떴다.

'남자이길 포기하고 살아남느냐, 죽더라도 남자로 죽느냐.'

여기서 결투를 포기한다면 바크만은 비웃음거리가 된다. 평생 잊지 못할 수치로 남을 것이다. 용병들은 술을 마실 때마다 겁쟁이 바크만의 일화를 안줏거리로 삼을 터다.

'…혹은 운이 좋아 이길 수도 있지.'

바크만이 어깨를 들썩이며 낮게 웃었다. 그는 기회주의자이지만 겁쟁이는 아니다. 그도 검투사였으며 목숨을 걸고 싸우는 전사다.

끼릭.

바크만이 자신의 창을 들었다.

"그래, 바로 그거지! 바크만. 우린 남자다. 만약 싸움을 피했다면 난 널 경멸하다 못해 인간 취급도 하지 않았을 거다!"

도노반이 칼을 빙글빙글 돌리며 말했다. 결투가 성립됐다.

"우와아아아!"

"결투다! 결투!"

용병들이 의자와 탁자를 치우며 원을 만들었다. 그 안에서 바크만과 도노반이 서로 마주했다.

"어렴풋이 이런 날이 올 것 같은 느낌은 있었어. 내 창이 너의 목을 꿰뚫는 꿈을 자주 꿨거든."

바크만의 말을 들은 도노반이 웃었다.

"나는 네 목을 베는 꿈을 자주 꿨는데, 이거 의외로 우리 서로 잘 맞는 거 아니야? 큭큭."

도노반은 방패를 들지 않았다. 그는 검 하나로도 바크만을 상대할 자신이 있었다. 그만큼의 역량 차이가 둘 사이에 있었다. 누가 뭐래도 도노반은 우수한 전사다.

'역시 도노반이다. 압박감이 장난이 아니군.'

바크만이 창을 치켜들고 도노반을 쳐다봤다. 도노반이 바크만의 주변을 빙빙 돌았다.

"후욱, 후욱."

바크만이 호흡을 조절하며 팔을 뻗을 준비를 했다.

'일격에 승부가 난다.'

창대를 쥔 손에서 땀이 났다. 그는 전투의 감각을 떠올렸다.

'내가 창을 무기로 선택한 건 익숙했기 때문이지.'

어부 출신 바크만. 그는 물고기조차 창으로 찔러 잡을 정도로 뛰어난 창수였다. 고래 사냥에도 매번 불려 다닐 정도였다. 고향에서는 대단한 솜씨라고 칭찬을 들었으나, 어디까지나 어촌에서 뛰어나다는 말이었다.

'세상은 넓어. 나 정도의 인간은 널려 있었지. 진짜 특출하게 강한 놈들을 보니, 내가 전사로 대성하긴 글렀다는 걸 알았어.'

바크만이 심호흡했다. 바위가 된 것처럼 도노반이 사정거리 안으로 오길 기다렸다.

'루여, 약삭빠르게 살아온 제게 주시는 벌입니까? 아니면 제가 이겨내길 바라는 시련인 겁니까?'

짤랑.

바크만의 태양 펜던트가 흔들렸다. 마치 그게 신호인 것처럼 도노반이 달려들었다.

to be continued